U0057817

AQUARIUS

AQUARIUS

AQUARIUS

AQUARIUS

每個人心中都有一座島嶼，
藉文字呼息而靜謐，
Island，我們心靈的岸。

父後七日

Seven Days
In Heaven

| 劉梓潔 |

藝文界推薦

一個心思活潑慧敏的作者，一些關於傷痛與親暱、失落與記憶的深情記述與探問，一些人世間裡的好奇尋索，文字新鮮，語氣自在自信，光影恍惚，讀來令人愉快又時感震顫。

——**陳列**

〈父後七日〉乍看以行禮如儀的方式，敘述日日發生的事情，讀起來卻不冗長或瑣碎；提到的每件事似乎都有某種荒謬性，卻又帶著很強烈的情感，直到最後，深沉的悲傷才終於爆裂開來。

——**張曼娟**

猶太人只知道：「人類一思考，上帝就發笑。」但是當人們面對死亡還能微笑時，那可能就是上帝要思考或頭痛的時候。劉梓潔的《父後七日》，向我們證明了這一種可能。即使永恆的哀痛，要到第八日才埋種在心中。

——賀景濱

每個年代從中南部北上求學或謀職的作家，都會經歷離鄉返鄉，以及生活打拚的種種書寫挑戰。這個烙印，作者的意識比同期創作者更加清楚，也誠摯地用清新而簡明的話彙，在這本處女作，鮮明地展示自己的敘述節奏和風格。或許，另一種新散文風，就這樣要開始了。

——劉克襄

第一次讀〈父後七日〉是在林榮三文學獎的初審，一字一字讀完，心中的感動無以言說，嘆了一聲：「這就是首獎了。」如今《父後七日》成書，也拍成電影，再看一回，我仍然認為：這是少有作者的首部作品能夠綻放如此精湛的光芒。

——蔡逸君

她的散文是台灣搖滾樂

梓潔的心眼很特別，能從亂彩繽紛中看到原色，從眾聲喧譁中聽見寂靜。她的散文既不巴哈，也不蕭邦，而很伍佰——活潑潑的台灣搖滾樂；不直接對你噴射感情，只敲打搖滾的節奏，說些日常的故事，正經的說、戲謔的說、嘲諷的說、溫情的說、笑著說、哭著說。而原似正常的世界，忽然荒謬起來；荒謬中，卻讓我們看到真實的世態人情。

——顏崑陽

讓悲傷昇華——評〈父後七日〉

散文創造必須放膽下手，才能掙脫文字枷鎖。〈父後七日〉突破許多禁忌，而終於開闢了一個全新版圖。

首先是形式上的突破，散文的速度呈現出來的是跳躍與斷裂。由於不斷分行的結果，幾乎每段文字都保留鮮明的意象。父親走後的七天裡發生許多事情，作者刻意把無謂的雜事與瑣事剔除，僅剩下值得記憶的事件。這些事件，對作者本人都造成強烈的情感衝擊。

然後是文字上的突破，使閱讀時發生許多聲音，國語的、台語的、典雅的、狎邪的詞語到處流動，恰到好處地把各種矛盾、衝突、和諧、緊張的情緒並置排比。

殯葬儀式的繁文縟節，混亂了家族中每個未亡者的生活秩序。作者的速寫與素描，極其深刻掌握應該掌握的情與景。

最後是感情上的突破，親情的死亡並未全然拭去作者冷靜的觀察。那樣投入地被捲入各種庸俗的祭拜，作者卻又能自我抽離，隔岸觀火式地俯視全局。以幽默、調侃、嘲弄、反諷的語調，描述守喪七日的悲傷與荒謬。

語言是那樣放縱，然而深沉的哀悼就暗藏其中。痛苦被淨化了，對父親的懷念變成永恆。

——陳芳明

（本文為第二屆林榮三文學獎散文首獎評審意見）

目錄

輯四　旅行的瞬間

輯一 父後七日

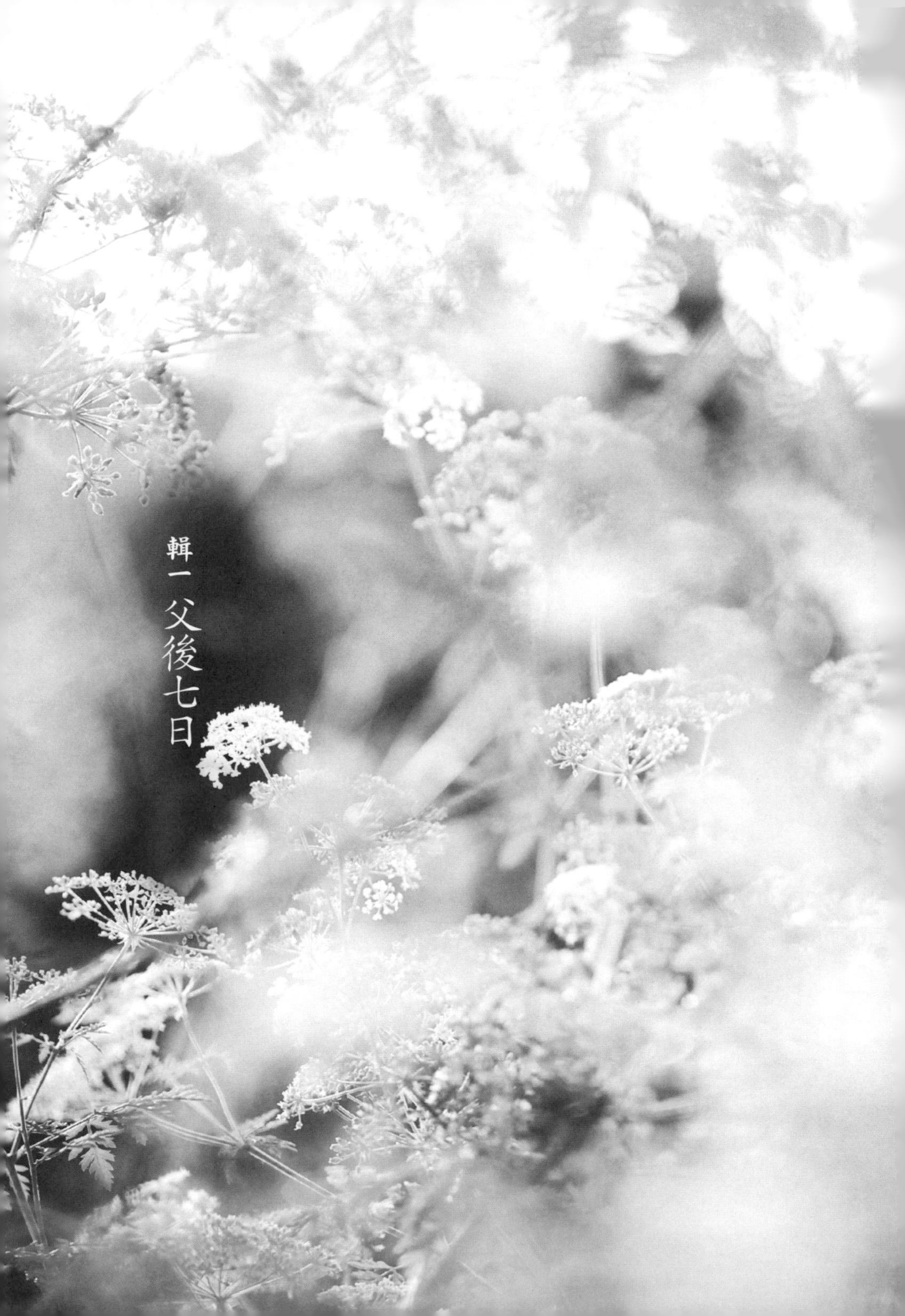

你爸真的死了？

宣傳電影，不斷受訪。
在虛構與真實之間，有時，會被打敗。

記者：這是你的親身經歷嗎？
我：是。最早是寫成散文……
記者：我知道是散文改編，散文裡寫的是真的嗎？
我：是。
記者：所以是你爸爸真的過世？
我：對。
記者：那電影也是真的嗎？
我：不完全，因為已經改編成故事。
記者：所以電影裡死掉的不是你爸爸？？！！（激動的語氣好像在說：那你們還騙人是真實故事改編！）
我：是……不……不是……

我差一點就要以為，她會接著說：
所以，你爸沒有死嘛！

也許，那正是我最想聽到的話。

父後七日

今嘛你的身軀攏總好了，無傷無痕，無病無煞，親像少年時欲去打拚。

葬儀社的土公仔虔敬地，對你深深地鞠了一個躬。

這是第一日。

我們到的時候，那些插到你身體的管子和儀器已經都拔掉了。僅留你左邊鼻孔拉出的一條管子，與一只虛妄的兩公升保特瓶連結，名義上說，留著一口氣，回到家裡了。

那是你以前最愛講的一個冷笑話，不是嗎？

聽到救護車的鳴笛，要分辨一下啊，有一種是有醫～有醫～，那就要趕快讓路；

如果是無醫~無醫~，那就不用讓了。一干親戚朋友被你逗得哈哈大笑的時候，往往只有我敢挑戰你：如果是無醫，幹嘛還要坐救護車?!

要送回家啊！

你說。

所以，我們與你一起坐上救護車，回家。

名義上說，子女有送你最後一程了。

上車後，救護車司機平板的聲音問：小姐你家是拜佛祖還是信耶穌的？我會意不過來，司機更直白一點：你家有沒有拿香拜拜啦？我僵硬點頭。司機倏地把一卷卡帶翻面推進音響，南無阿彌陀佛南無阿彌陀佛南無阿彌陀佛南無阿彌陀佛。

那另一面是什麼？難道哈利路亞哈利路亞哈利路亞?!我知道我人生最最荒謬的一趟旅程已經啟動。

（無醫~無醫~）

我忍不住，好想把我看到的告訴你。男護士正規律地一張一縮壓著保特瓶，你的偽呼吸。相對於前面六天你受的各種複雜又專業的治療，這一最後步驟的名稱，可能顯得平易近人許多。

這叫做，最後一口氣。

到家。荒謬之旅的導遊旗子交棒給葬儀社、土公仔、道士，以及左鄰右舍。（有人斥責，怎不趕快說，爸我們到家了。我們說，爸我們到家了。）

男護士取出工具，抬手看錶，來！大家對一下時喔，十七點三十五分好不好？

好不好？我們能說什麼？

好。我們說好。我們竟然說好。

虛無到底了，我以為最後一口氣只是用透氣膠帶黏個樣子。沒想到拉出好長好長的管子，還得劃破身體抽出來，男護士對你說，大哥忍一下喔，幫你縫一下。最後一道傷口，在左邊喉頭下方。

（無傷無痕。）

我無畏地注視那條管子，它的末端曾經直通你的肺。我看見它，纏滿濃黃濁綠的痰。

（無病無煞。）

跪落！葬儀社的土公仔說。

我們跪落，所以我能清楚地看到你了。你穿西裝打領帶戴白手套與官帽。（其實好帥，稍晚蹲在你腳邊燒腳尾錢時我忍不住跟我妹說。）

腳尾錢，入殮之前不能斷，我們試驗了各種排列方式，有了心得，折成L形，搭成橋狀，最能延燒。我們也很有效率地訂出守夜三班制，我妹，十二點到兩點，我哥兩點到四點。我，四點到天亮。

鄉紳耆老組成的擇日小組，說：第三日入殮，第七日火化。

半夜，葬儀社部隊送來冰庫，壓縮機隆隆作響，跳電好幾次。每跳一次我心臟就緊一次。

半夜，前來弔唁的親友紛紛離去。你的菸友，阿彬叔叔，點了一根菸，插在你照片前面的香爐裡，然後自己點了一根菸，默默抽完。兩管幽微的紅光，在檀香裊裊中明滅。好久沒跟你爸抽菸了，反正你爸無禁無忌，阿彬叔叔說。是啊，我看著白色菸蒂無禁無忌矗立在香灰之中，心想，那正是你希望。

第二日。我的第一件工作，校稿。

葬儀社部隊送來快速雷射複印的訃聞。我校對你的生卒年月日，校對你的護喪妻孝男孝女胞弟胞妹孝姪孝甥的名字你的族繁不及備載。

我們這些名字被打在同一版面的天兵天將，倉促成軍，要布鞋沒布鞋，要長褲沒長褲，要黑衣服沒黑衣服。（例如我就穿著在家習慣穿的短褲拖鞋，校稿。）來往親友好有意見，有人說，要不要團體訂購黑色運動服？怎麼了?!這樣比較有家族向心力嗎？

如果是你，你一定說，不用啦。你一向穿圓領衫或白背心，有次回家卻看到你大熱天穿長袖襯衫，忍不住虧你，怎麼老了才變得稱頭？你捲起袖子，手臂上埋了兩條管子。一條把血送出去，一條把血輸回來。

開始洗腎了。你說。

第二件工作，指板。迎棺。乞水。土公仔交代，迎棺去時不能哭，回來要哭。這些照劇本上演的片場指令，未來幾日不斷出現，我知道好多事不是我能決定的了，就連，哭與不哭。總有人在旁邊說，今嘛毋駛哭，或者，今嘛卡緊哭。我和我妹常面面相覷，滿臉疑惑，今嘛，是欲哭還是不哭？（唉個兩聲哭個意思就好啦，旁邊又有人這麼說。）

有時候我才刷牙洗臉完，或者放下飯碗，聽到擊鼓奏樂，道士的麥克風發出尖銳的咿呀一聲，查某囝來哭！如導演喊action！我這臨時演員便手忙腳亂披上白麻布甘頭，直奔向前，連爬帶跪。

神奇的是，果然每一次我都哭得出來。

第三日，清晨五點半，入殮。葬儀社部隊帶來好幾落衛生紙，打開，以不計成本之姿一疊一疊厚厚地鋪在棺材裡面。土公仔說，快說，爸給你鋪得軟軟你卡好睏哦。我們說，爸給你鋪得軟軟你卡好睏哦。（吸屍水的吧?!我們都想到了這個常識但是沒有人敢說出來。）

子孫富貴大發財哦。有哦。子孫代代出狀元哦。有哦。子孫代代做大官哦。有哦。唸過了這些，終於來到，最後一面。

我看見你的最後一面，是什麼時候？如果是你能吃能說能笑，那應該是倒數一個月，爺爺生日的聚餐。那麼，你跟我說的最後一句話是什麼？無從追考了。

如果是你還有生命跡象，但是無法自行呼吸，那應該是倒數一日。在加護病房，你插了管，已經不能說話；你意識模糊，睜眼都很困難；你的兩隻手被套在廉價隔熱墊手套裡，兩隻花色還不一樣，綁在病床邊欄上。

攏無留一句話啦！你的護喪妻，我媽，最最看不開的一件事，一說就要氣到哭。

你有生之年最後一句話，由加護病房的護士記錄下來。插管前，你跟護士說，小姐不要給我喝牛奶哦，我急著出門身上沒帶錢。你的妹妹說好心疼，到了最後都還這麼客氣這麼節儉。

你的弟弟說，大哥是在虧護士啦。

第四日到第六日。誦經如上課，每五十分鐘，休息十分鐘，早上七點到晚上六點。這些拿香起起跪跪的動作，都沒有以下工作來得累。

首先是告別式場的照片，葬儀社陳設組說，現在大家都喜歡生活化，挑一張你爸的生活照吧。我與我哥挑了一張，你蹺著二郎腿，怡然自得貌，大圖輸出。一放，有人說那天好多你的長輩要來，太不莊重。於是，我們用繪圖軟體把腿修掉，再放上去。又有人說，眼睛笑得瞇瞇，不正式，應該要炯炯有神。怎麼辦?!我們找到你的身分證照，裁下頭，貼過去，終算皆大歡喜。（大家圍著我哥的筆記型電腦，直嘖嘖稱奇：今嘛電腦蓋厲害。）

接著是整趟旅程的最高潮。親友送來當作門面的一層樓高的兩柱罐頭塔。每柱由九百罐舒跑維他露P與阿薩姆奶茶砌成，既是門面，就該高聳矗立在豔陽下。結果曬到爆，黏膩汁液流滿地，綠頭蒼蠅率隊佔領。有人說，不行這樣爆下去，趕快推進雨棚裡，遂令你的護喪妻孝男孝女胞弟胞妹孝姪孝甥來，搬柱子。每移一步，就砸下來幾罐，終於移到大家護頭逃命。

尚有一項艱難至極的工作，名曰公關。你龐大的姑姑阿姨團，動不動冷不防撲進來一個，呼天搶地，不撩撥起你的反服母及護喪妻的情緒不罷休。每個都要又拉又勸，最終將她們撫慰完成一律納編到摺蓮花組。

神奇的是，一摸到那黃色的糙紙，果然她們就變得好平靜。

三班制輪班的最後一夜。我妹當班。我哥與我躺在躺了好多天的草蓆上。（孝男孝女不能睡床。）

我說，哥，我終於體會到一句成語了。以前都聽人家說，累嘎欲靠北，原來靠北真的是這麼累的事。

我哥抱著肚子邊笑邊滾，不敢出聲，笑了好久好久，他才停住，說：幹，你真的很靠北。

第七日。送葬隊伍啟動。我只知道，你這一天會回來。不管三拜九叩、立委致詞、家祭公祭、扶棺護柩，（棺木抬出來，葬儀社部隊發給你爸一根棍子，要敲打棺木，斥你不孝。我看見你的老爸爸往天空比劃一下，丟掉棍子，大慟。）一有機會，我就張目尋找。

你在哪裡？我不禁要問。

你是我多天下來張著黑傘護衛的亡靈亡魂？（長女負責撐傘。）還是現在一直在告別式場盤旋的那隻紋白蝶？或是根本就只是躺在棺材裡正一點一點腐爛屍水正一滴一滴滲入衛生紙滲入木板？

火化場，宛如各路天兵天將大會師。領了號碼牌，領了便當，便是等待。我們看著其他荒謬兵團，將他們親人的遺體和棺木送入焚化爐，然後高分貝狂喊：火來啊，緊走！火來啊，緊走！

我們的道士說，那樣是不對的，那只會使你爸更慌亂更害怕。等一下要說：爸，火來啊，你免驚惶，隨佛去。

我們說，爸，火來啊，你免驚惶，隨佛去。

第八日。我們非常努力地把屋子恢復原狀，甚至習俗中說要移位的床，我們都只是抽掉涼蓆換上床包。

有人提議說，去你最愛去的那家牛排簡餐狂吃肉（我們已經七天沒吃肉）。有人提議去唱好樂迪。但最終，我們買了一份蘋果日報與一份壹週刊。各臥一角沙發，翻看了一日，邊看邊討論哪裡好吃好玩好腥羶。

我們打算更輕盈一點，便合資簽起六合彩。08。16。17。35。41。

農曆八月十六日，十七點三十五分，你斷氣。四十一，是送到火化場時，你排隊的號碼。

（那一日有整整八十具在排。）

開獎了，17、35中了，你斷氣的時間。賭資六百元（你的反服父、護喪妻、胞妹、孝男、兩個孝女共計六人每人出一百），彩金共計四千五百多元，平分。組頭阿叔當天就把錢用紅包袋裝好送來了。他說，台彩特別號是53咧。大家拍大腿懊悔，怎沒想到要簽?!可能，潛意識裡，五十三，對我們還是太難接受的數字，我們太不願意再記起，你走的時候，只是五十三歲。

我帶著我的那一份彩金，從此脫隊，回到我自己的城市。

有時候我希望它更輕更輕。不只輕盈最好是輕浮。輕浮到我和幾個好久不見的大學死黨終於在搖滾樂震天價響的酒吧相遇我就著半昏茫的酒意把頭靠在他們其中一人的肩膀上往外吐出煙圈順便好像只是想到什麼的告訴他們。

欸，忘了跟你們說，我爸掛了。

他們之中可能有幾個人來過家裡玩，吃過你買回來的小吃名產。所以會有人彈起來又驚訝又心疼地跟我說你怎麼都不說我們都不知道？

我會告訴他們，沒關係，我也經常忘記。

是的。我經常忘記。

於是它又經常不知不覺地變得很重。重到父後某月某日，我坐在香港飛往東京的班機上，看著空服員推著免稅菸酒走過，下意識提醒自己，回到台灣入境前記得給你買一條黃長壽。

這個半秒鐘的念頭，讓我足足哭了一個半小時。直到繫緊安全帶的燈亮起，直到機長室廣播響起，傳出的聲音，彷彿是你。

你說：請收拾好您的情緒，我們即將降落。

編後記

〈父後七日〉一文，曾獲二〇〇六年第二屆林榮三文學獎散文首獎。

以下謹收錄作者當時發表的得獎感言。

寫作態度

我喜歡捕捉光鮮之下的陰影，肅穆之中的荒謬，可是這類事情做太多，就會變得好像只是在耍弄「我跟別人不一樣」的小聰明，會變得非常幼稚，非常自以為是。我又會設法從這層裡面跳脫出來，否定自己的小聰明。

但我仍不是光鮮或者肅穆的。

得獎感言

父後一年間，每開這個檔案，寫兩行，就要哭到頭痛欲裂整天不能做事好生氣。於是，投降，不寫了。

前年父親節，我提早從香港寄明信片給你，郵件卻出奇的慢，到了兩個禮拜後的七夕才收到。那天，你打電話給我說，我收到你的情人卡了。

今年父親節，截稿前七日。我早起，坐在椅子上，哭了兩個小時。

只是想到，我已經無法再寄任何東西給你了。

於是，我又開始寫，我跟自己說，一天，寫一日就好了。

（馬修・史卡德＊說，一次，戒一天就好了。）

謝謝大家。

＊註：馬修・史卡德，美國犯罪小說家勞倫斯・卜洛克著名小說系列主角，是一名私家偵探。

後來

後來，我開始我變態的療癒。

走在路上，我刻意拐進公園，穿越而行，找到陽光燦燦的樹底，選個好位置坐下來，近乎沒有禮貌地，眼睛直直掃視，那些被外籍看護推著輪椅坐成一排的老人。

他們神智不清骨瘦如柴氣若游絲，生命連同尿袋、點滴一起被掛在輪椅加設的鐵桿上，曬太陽。

然後，我就可以告訴自己，你真的比較幸運。（你在加護病房躺了六天，然後，走了。）

變本加厲時，我甚至想從輪椅的花色式樣、老人身上的管子總數、腿上蓋毯的毛質，或是看護們吱吱喳喳的南國方言裡，（好吧再搭點另一側歐巴桑群款擺的土風舞姿與俗麗歌曲吧）去找到一種叫荒謬的東西。

但其實我什麼也沒找到。我只看到一個驕傲的我，驕傲其實怕得要死的我。

我也曾經如此盛氣凌人、自以為是的，看待你的虛弱嗎？

我只是孤傲地，用文字築起高台，一個字一個字往上爬，越爬越高，站在上面，疏離而睥睨，自以為遠離俗世層，自以為清高又安全，喃喃誦背怨憎會愛別離求不得。這些文字積木其實虛妄而搖搖欲墜，如疊疊樂，抽掉一塊就粉身碎骨。我不過在等，等縱身一躍。

一如，紅衣女模。

你百日，紅衣女模跳樓。你是中秋後一日走的，而你百日，那麼剛好，是聖誕節。猶記得，平安夜下午，在高速公路南下的統聯客運上，接到朋友興高采烈揪人晚上去狂歡的電話，嗡嗡引擎聲中，我掃興回：不行耶，我要回彰化。朋友仍尖著聲調：那麼乖呀！我說，欸。

（欸，好奇怪，還是說不出口。夠悶了。我爸百日，四個字，還真難說。）

聖誕節一早，我們一家，及返回祭拜的二叔三叔一家，共十多人，進進出出準備祭品，客廳電視開著新聞台。我端著一盤可能是油煎蘿蔔糕或三牲四果，在電視前停下來，婆婆媽媽般鬼叫。

平安夜，一名正值花樣年華、連C咖都稱不上的女模，因不堪男友始亂終棄，在永和住處頂樓噴漆寫冤枉，刎頸後跳樓，當場身亡。一身焰紅，濃妝豔抹，誓做厲鬼（又一，怨憎會、愛別離、求不得），一人孤零零地，雨夜，從二十多樓墜下。

電視新聞記者留下問世間情為何物或慘絕人寰或不禁唏噓的評論。

我鬼叫，是因為，那中庭拉起黃色警戒線的社區，我再熟悉不過。正是妹妹和我永和租居之所，女模躍下的那棟樓，在我們的斜對角，從我們住的十七樓陽台可清楚看到那個頂樓，當然也包括現在電視裡，攝影記者正模擬著的，從頂樓到社區中庭這一加速度直線。直線終點，圍滿警察與記者，四周聖誕燈仍閃爍著節慶的光芒。

我與妹妹、家人就著電視不能免俗也說了些三姑六婆的話；還好不是我們那一棟喔，耶，不知道這樣可不可以跟房東說降房租喔。然後，繼續去拜你。

每人三炷香排排站，阿嬤會說些話，叫你回來吃飯，叫你帶阿祖一起回來吃。

每次聽著，我感覺身體裡的所有的水分都滿到喉嚨滿到鼻腔了，一開口，一呼吸，它勢必全部滿到眼睛。因此，我很佩服阿嬤，她總是能把思念與心願說出來，即使帶哽咽，也一次比一次克制。（只有一次失控了坐到古厝門檻哭我的子啊拉都拉不回來）可惜此家族人大多遺傳到阿公那邊，A型，一整個悶。

祭拜完成，到等待燒金紙的這段時間，（時間可長可短，照慣例由阿嬤發佈，她會擲筊，問你：呷飽未？待得到一個聖筊，方可燒紙。）一大家子十多口人，坐在客廳說說笑笑聊夢境。

首先是阿嬤，她說夢到你回來告訴她，燒點碎銀來吧，這邊大鈔不好用。大家一陣狂笑，有人說，看吧，誰叫我們卯起來幾億幾億地燒！有人說，啊不會叫爸爸去買包菸找開喔！

接著是三嬸，她說你告訴她，你在那邊沒鞋子穿，又叮囑她，別花錢買，拿三叔工廠裡的樣本就好。三叔在廈門台商鞋廠當台幹，常帶回樣本或瑕疵品給眾多姪兒姪女，工廠主要幫歐美品牌代工，款式大多年輕新潮，他自然就忘了，在自己大哥有生之年，帶雙給他。三叔有點愧疚，拿出鞋，大家又一陣驚呼，哇，是NIKE耶！

可是，怎麼會沒鞋穿呢？入殮時明明是整套西裝白襪黑鞋，做七時也燒了好多雙紙鞋，難道都沒收到？

你的妻子說，那個（你在家裡的最後一個）半夜你突然自床上坐起，神情恍惚，路都走不穩，像是要去小便，還沒走到廁所，就尿在褲子上。她意識到不對勁，下床扶你進浴室清洗換上乾淨衣褲，不敢驚動睡樓下的公婆，躡聲打電話叫醒住最近的二姨：緊開車來，你姊夫歸身軀燒滾滾，燒嘎不知人。

二姨火速到達，兩位一向堅強的女眷半推半扶把赤腳的你弄上車。那時起，你腳上便無鞋。到醫院，送上推床，急診室轉加護病房，從此沒下過床。六天後，心跳歸零，離去時，床側無鞋。（啊，原來靈魂最後記憶的，是出竅這一刻。那我們那七天拚命燒，豈不裝肖為？）

安靜寡言的你爸續接起話尾。沒人知道，那個晚上，二姨的車開走後，他起來了，看著紅色尾燈，消失在闃黑的寂靜巷弄。接著，他躺回床上，一闔眼，似夢非夢，看到你，胸前一攤血，笑笑對他揮揮手，說再見。

（天啊爺你竟然憋了百日才說出來。）

全家靜默，阿嬤已上樓，樓上廳堂傳來擲筊聲，清脆敲在磁磚地上，一聲，又一聲。大家忽把目光朝向我，欸，爸爸最疼你，有沒回來跟你說什麼？（喔，拜託，你們前面幾位都講那麼好叫我怎麼接棒啦？）

我說了，我的確夢到了，也是ＮＩＫＥ。夢中你和我媽來台北，我送你們去統聯站搭車回彰化，候車室裡，你說你冷，我穿著紅色ＮＩＫＥ連帽夾克，說，不然這件給你穿？就夢到這。

那件紅色ＮＩＫＥ連帽夾克，是我大四時用家教費買的。有次穿回家，難得你識得一個品牌logo，而節儉的你難免帶點責備：吼～衫嘛ＮＩＫＥ，鞋嘛ＮＩＫＥ。（嘿，老爸，你不知我這衣服一穿穿十年耶。）

我問，那意思是我要把這件外套燒給我爸嗎？大人說，這樣不算。必須是，你夢中的他，係死去啊擱蹬來，這樣才叫托夢。如果你夢到的，是過世前的他，那只是你想念他。

原來都不算。

我甚至還夢過，我才讀國中，你竟然變成紅酒收藏家。有天，你一位生活闊綽、每次來都開不同名貴進口車的表弟，慎重登門拜訪，要跟你買一箱酒。你從壁櫥裡搬出木箱子，說：「外面好像一支賣一百六，我算你一百五好了。」表叔說：「外面喊到一百八了呢！」（你們說的是美金嗎？）你從容笑笑，又搬起箱子，說：「是喔，那我不賣囉！」我大概在房裡寫評量測驗卷，從門縫偷偷看，心裡想，哇，爸你好帥！

（那這個夢，不只是我想念你，還是我自己愛喝咰？）

那天我很三八地打電話回家，要媽媽幫我簽：15、16、18。全摃。以為是你托夢托來明牌，原來都不算。在我夢中的你，總是更年輕更健康更帥，我不知道，死去啊擱蹬來，你會是什麼樣子。

（我問過三嬸。她說我嘛袂曉講，反正你就是會知道。）

阿嬤話聲：可以來燒了哦。我們帶著一落一落大銀小銀，（媽媽經常幫我們墊這個錢那個錢，要給她，她總是說免啦，唯獨每年給你的金紙，她不容欠一天，每年每人一百元。）一家十多人圍著庭院前的臨時鐵皮金爐，待紙燒旺了，三叔把鞋丟入火叢中，橡膠慢慢熔化，濃濁黑煙升起，騎腳踏車路過的村人皺眉掩鼻，ＮＩＫＥ那一個勾勾，也慢慢熔了。

你收到了嗎？

午飯後，我和妹妹搭二叔二嬸便車回台北。車子才從家裡開出不到一公里，車速漸緩，二叔轉著方向盤，欲拐進一座寬闊無人的停車場，我當然知道這裡是哪裡。在心裡死命祈禱，求求你，拜託，不要停。禱告無效。車子停下來了，二叔拉起手煞車，轉頭對我們說：去看一下你爸。

我爸，在哪裡呢？

如果是在家裡，我媽也常說，去看一下你爸。她指的是樓上祠堂裡那塊神主牌。而在這田尾鄉公墓停車場旁，有一座塔，來到這，說，去看一下你爸。指的就是，塔裡的罈裡的你。

你在這世界最後的物質存在。

我們快速找到你的罈。我雙手合十，低頭，果然，那滿在喉嚨滿在鼻腔的水，就從眼睛傾倒出來了。算了，投降，ㄍㄧㄥ不下去了，哭醜就哭醜吧。哭與不哭，那時的我總帶著淡漠的，放棄。

（要好久好久以後，我的瑜伽老師告訴我：「不要隱藏淚水與脆弱，最堅強的人，總是平和地與它們在一起。」我才慢慢學會，平靜、覺知而釋然的淚水。）

我抬頭，轉身，一向理性的二叔，距離我們三步，不敢向前。二嬸對他說，不過來看一下你哥，他搖頭，眼眶噙著薄薄的淚。我看見二叔守著阿公遺傳給他的壓抑性格，ㄍㄧㄥ在最邊緣，他知道，再一步，他可能就會變成哭到拉都拉不住的阿嬤。

於是，北上高速公路上，你的四位家人，不知誰該安慰誰，也不知該用什麼話安慰，兩百公里，一路悶著前進。終於到了，我的十七樓城堡。

我深吸一口氣，對叔嬸禮貌微笑致謝，和妹妹下車。感應門卡連三道滴滴響，社區大門、大樓大門、電梯，冰冷卻象徵進步、流暢、安全，以及私密。我捏了捏口袋裡阿嬤給的茉草，縮回高樓。

儘管這裡前夜也才剛發生過暴烈的死亡。

後來，我經常回家。不知為何像個乖巧的女兒，不睡自己的房間，主動跟媽媽

睡，才知媽媽每夜默默流淚睡去。

我變成那個安慰人的人。好厲害我竟然能說著古今中外多少人想死死不了，看看那些躺在安養院插管的老人，你希望老爸最後糞溺都在床，小孩孫子看了都怕嗎？他能這樣走，是前世修來的福氣咧。

老媽吸著鼻子說：「他是快活啊，我們留下來的人卡不甘啦！」

好幾個夜裡，你們的雙人床上（你的遺照就放在床頭），我們母女這樣重複著對話，直至睡去。

一次一次回家，我發現媽媽開始在房裡掛小熊、掛米老鼠、掛各式絨毛玩具。我默默仔細觀察她，是不是有創傷症候群或什麼心靈空缺精神疾病的傾向。但還好，她還是一如往常，幹練發落打理家裡大小事。我問妹妹是不是也注意到了？妹妹說，很正常啊！一雙巧手的她，正嫻熟拿著針線做各種不織布玩偶、拼布杯墊。

我才知道，這些東西，原來都是日本少女的療癒系小物，讓你免於孤單。而我，不也每天親暱擁著兩隻貓咪，又揉又擠，又抱又親。牠們也總是好配合，在腳邊、在腋下，縮成兩團肥軟毛球，伴我入睡。即使在廚房，黃背白腹貓兒亦時不時喵一聲，跳上流理台，要我鼻子頂牠鼻子。

這些毛茸茸的動物，不管有生命無生命，填補你妻女的空缺，如貓咪舔毛，平撫惶惶不安的皺褶。（只是唉，不能去想，牠們有天也會離開。）

唉，好吧。講到貓咪會不自覺落入絮叨師奶模式。那是你最怕、我也最怕的溫情攻勢。父後幾個月，和親密的朋友說到，我爸走後，我突然有種切斷什麼的自由了。朋友率然答曰，是嗎？你媽不會管你管更緊嗎？

沒錯。她答對了。療癒小物是不夠的。母親把不安轉化為日常對話的新句型，那叫做：「反正你爸都不在了」句型。

最常出現在，打我手機沒有訊號，家裡電話沒人接，再撥通時，叮嚀責備話語末了，要加句：反正你爸都不在了。我日子過得閒散，辭去編輯工作，有一搭沒一搭接稿度日，母親不放棄叫我去考教師甄試，這類對話難避免大小聲，她喟然：反正你爸都不在了。

我實在不是個乖女兒。我開始淡漠、疏離、放棄，想，好吧那我也不在可以了吧。每天祈禱，讓我離開這裡吧，我不要待在一個我爸不在的地方。每天走在路上，希望突然出現一輛車、一艘船、一架飛機，告訴我：上來吧！

果然，它來了。一個上海工作機會的面試，第一關，必須先備妥履歷與作品。我疏懶閒散又常搬家，那些印成鉛字的作品，自己是留不住的。你少少的遺物（一個皮夾、幾本糖尿病病人飲食及自我照護保健書籍）裡，有一大落報紙，疊得整整齊齊，你習慣收放在客廳的書櫥裡，有客人來，就拿給人家看，若我剛好也在家，總羞赧得趕快跑上樓去。因為，那些報紙上，都有我的名字。版面有大有小，時間跨越三、四年，從實習記者開始，也許只是一方小小的本週新書書訊輯錄，也許是一篇文學獎決審會議紀錄，也許採訪了哪位作家。但對你來說，也許吧，都是驕傲。

我站在便利商店影印機前，一篇接一篇印。看著一道道水平的掃描光束，由左至右，熨平或反射著，這些舊報紙的最初身世。

大部分是週日出刊的藝文週報，週日一早，你會打電話給我：「今天有嗎？」（意思是，今天有你的文章嗎？）我有時雀躍：「有哦，很大一篇喔！」有時耍耍大小姐脾氣：「唉唷自己去看嘛。」你騎著摩托車，去報攤上翻著，連賣報阿桑看你來都知道，今天有你女兒的喔！

這似乎是，我高中離家後，我們唯一親密的連結。

你喜歡看綜藝節目的猜成語單元，覺得那些題目都很沒創意，常常要我把你發明的題目寫在明信片寄去給我猜我猜我猜猜猜或其他節目，我都沒理你。

有次回家，你在一個壞掉的小鬧鐘與一顆棒球上，各貼一段寬版透氣膠帶寫字，（是啊你生病後，家裡就多好多這樣的常備保健醫療用品：血壓機、血糖機、胰島素針筒、酒精棉球、透氣膠帶），在鬧鐘上面寫「平安」，棒球上面寫「生存」，還故意寫成拙拙的ＰＯＰ字體。要我猜，是什麼意思？我懶得猜。

你說，答案是：平安中（鐘），求（球）生存。

我大笑：爸你很冷耶。

爸，上海很冷。

父後五個月，農曆年後，一卡皮箱，我到了上海。

第一個挫折，被乾冷天氣打敗。水土不服，鼻水流完流鼻血。兩岸三地感冒藥吃掉好幾排都不見好轉，在暖氣房裡入睡，鼻子完全堵塞，手腳冰冷，呼吸道燥熱，好幾夜重複做著有人不斷往我嘴裡塞乾吐司的惡夢。

然後，我夢見你了。

真實發生過的，你入殮時，葬儀社人員從冰櫃將你搬起，硬邦邦的身體無臭無味，如速凍真空包裝，俐落哐啷一聲，入了棺材。事畢，你的老父感嘆，時代果然進步了，今嘛真衛生。他阿嬤過世時，昭和年間，尚無冰櫃，在廳裡擺到腐爛出水，入殮幾乎是撈起，湯湯水水，屍水滲入土角厝的泥土地，出殯後，臭氣仍縈繞屋內，久久無法散去。人進人出，皆摀鼻露出嫌惡狀。

這一幕，竟然自動在我腦中轉換成影像，在異國的快速動眼睡眠期，檔案被叫了出來。夢裡，你躺在早就夷為平地的三合院正身大廳，正如，是的你爸的阿嬤，在發臭。就好像在應該彬彬有禮的社交場合中有人放屁，只要一白目人率先發難說：「好臭！」所有人便會群應而起。遠親近戚顧不得莊嚴悲矜，就連我哥和我妹也捏著鼻子。

（這是托夢嗎？不，夢中的你只是死去啊，並沒有擱蹬來。）

而我，倔強擺著一死樣子，我不要聞到你的屍臭味。不發一語，獨站角落，如游泳課練憋氣，我怕，只要一絲放鬆，便會破功，我也將開始嫌惡你。我憋到整臉漲紅，雙手緊握至指甲插入肉裡，腦袋快因缺氧而休克，最終，投降。

我醒來了，從窒息惡夢脫逃。急切深吸一口氣，鼻子通了，流出來的，是一條溫熱的鮮紅鼻血，臉上爬滿驚恐的淚。

天已亮，下雪了。窗外正飄著刨冰狀雪花，宿舍後院一片雪白蒼茫。那場雪，像是可以通到心裡某個地方，那般的澄冽乾淨，那般柔美而仁慈。

自此之後，每逢遭遇悲傷挫折，我就想趕赴到一個下雪的地方，靜看雪落。

後來，我感覺自己變得不太一樣。例如說，我變得愛發願。好像有你在上面一切將變得容易靈驗。

是心靈體驗，或超覺玄祕體驗，或講得流行一點的，靈修嗎？不，那時都還不算。

在上海，我的工作是幫琉璃作品寫文案、寫故事、寫新聞稿。我背了好些，一切有為法如夢幻泡影如電亦如露應作如是觀（金剛經四句偈），願我來世得菩提時身如琉璃內外明澈淨無瑕穢（藥師琉璃光本願經），心無罣礙無罣礙故無有恐怖遠離顛倒夢想究竟涅槃（般若波羅蜜多心經）。我背，純粹因為，寫文案時，很好用。

我駑鈍又鐵齒。每天在佔地幅闊的廠區，或施工中的琉璃博物館，晃來晃去，由無相無無相晃到今生大願千手觀音，由花好月圓晃到澄明之悟。我的老闆待我寬厚，偶爾虧虧我，是不信形而上之物的文藝女青年喏。

從無相到千手觀音區，必須經過一長廊，廊側是一整排琉璃轉經輪，名為常念慈悲，設計上，希望貴賓走過時，伸手觸摸、轉動那刻滿經文的琉璃滾筒。博物館開幕前一夜，灰撲撲的工地，僅靠幾盞懸掛的黃燈泡照明，上上下下有無數雙手在敲敲打打、擦擦拂拂。轉經輪陳設完畢，老闆叫我去轉動，看有沒有「感覺」。（是啊，文案，不就是要販賣一種感覺。）

一樣，我當好玩地，走進那廊道，內外明澈、淨無瑕穢的琉璃經文穿過我的手，它旋轉著、映照著什麼。到第四座經輪，我停下來了，彷若有一道電流，由手掌通過整條手臂，我不知道有沒有經過心，但它，直接抵達我的眼睛。

（是你嗎？是你來了嗎？）

我措手不及，雙手合十壓住顫動的嘴唇，確定眼睛裡那熱熱的東西不會在這麼多人面前流下來。轉頭，切換成三姑六婆又一派無賴的文藝女青年，對老闆說：「我覺得客人走到這裡就受不了了啦！連我這麼、這麼……」

「這麼笨、這麼現實嗎？」老闆幫我接了，但他一樣，寬厚地笑著。

「對啊！」我毫不否認。

不信形而上之物與鬼神之說的文藝女青年想要一個科學的答案。於是，我囫圇吞棗，看了很多開悟與大腦、量子力學與靈魂之說，越看越昏。後來，一位廣泛接觸身心靈領域的朋友說，不要去解釋它，你時候到了，如此而已。

時候到了？皈依佛法或虔心信教的時候？不，我自己清楚，那不是鬼神膜拜，甚不是宗教救贖，更不是心想事成的祕密。而是，順應身體與心念，慢慢找到那個澄明、淨澈、慈悲的所在。

我相信，也許你在那裡。

父後五年清明節前夕，三嬸夢見你。

在鄉下歡鬧辦桌場合，（是哥哥的婚禮嗎？）你一人走進來。三嬸告周圍人，我大哥回來了。但除了三嬸，無人可看見。你走至裡面較僻靜角落，自己找張椅子坐下，問嬸：

你們要我保庇你們什麼？

三嬸想要說，當然是保庇賺大錢啊，但她喉頭像被哽住，說不出口，不斷流淚，最後，嗚嗚咽咽說：保庇大家平安就好了。

你點點頭，站起身，把手搭在嬸肩上，拍拍她，像在說：我知道了，你別哭了。

嬸沒停止哭，直至清晨醒來。

我在兩百公里外的電話這頭，聽母親轉述嬸的夢，不可遏抑地流淚。我的哭點是，你現在，有給予願望的能力了嗎？

而我父後以來這一路順遂，是否都來自祈願靈驗？

我寫了一篇講你死掉的文章，得到文學獎首獎，電影製片邀我改編成劇本，提案獲得電影輔導金補助，劇組浩浩蕩蕩，返回我們老家拍攝，影片完成，獲邀參加好幾個國際影展，發行商主動聯繫相挺上院線。

你來三嬸的夢時，我剛自香港電影節歸來，媒體的形容是：口碑爆棚，觀眾的迴響是：對白精闢抵死。

電影裡的父女回憶相處情節，都是你與你父親的真實經歷嗎？我最常被問到。不，那只是劇本初稿完成後，製片及資深業內好友們提出的建議：多一點，溫馨感人的父女戲吧。

我深知遊戲規則。我知道一個文本走至此處，一位上道的創作者，必須變成一部濃烈或爽淡、加糖或加奶皆任君選擇的智慧型咖啡機。客戶鍵入多點糖奶，喔，不，是多點溫馨感人，我經過電子式感應運算，得出下列一場戲。

還在讀高中的女兒，自學校返家，父親騎著野狼機車去車站接她。一路，父女隨意攀聊，爸爸問她，模擬考考得怎樣，會不會上台大。女兒嘛嘴耍耍大小姐脾氣，不要再問成績的事啦。

而時光忽一轉，摩托車上的父女錯位。女兒騎著機車，載著父親，只可惜，已不是能說能笑的老爸，而是一幀遺照。

拍這場戲時，我毫無預警，會被震撼到痛哭流涕。我在攝影車上，看著小螢幕裡那對如情人一般的父女，情緒驟然失控，但也不是要拉要勸那種，就是，淚水關不掉。劇組人員大概以為這是我的親身經歷，所以不能自已。其實，真正的原因，只有我自己明瞭。

沒有。我和我的父親沒有過這樣親密的相處。但正是這樣才更教人難過，因為，再也沒有機會了。

但你知道嗎？父後五年裡，我除了工作上堪可稱上專業好用的智慧型咖啡機外，

其餘，全是一筆爛帳，一股憨膽跌跌撞撞，自作自受。

於是，我又來到，下雪的地方。日本紀伊山地高野山，被列為世界遺產的千年參詣聖地。日本所有唸得出名字的家族：德川家康、織田信長、豐臣秀吉、伊達政宗，全都安葬在這裡，還有許多企業的供養塔、工殤慰靈紀念碑。我在千年的杉木林裡踏雪而行，走至最高的奧之院御供所。前方，就是空海大師的長眠之所燈籠堂。

日本寺院，一切供養祈願，皆明碼標價。點香、點蠟燭、買御守，任君選擇。我出發前，兩位認識的人剛過世，一位是九十歲的大姑婆，一位是罹癌的大學同學J。

大姑婆一生硬朗連顆蛀牙都無，九十大壽後有天跌倒，臥床多日，在睡夢中離去。大學同學J活得認真笑得燦爛，婚前健康檢查驗出癌症末期，無緣披上白紗，半年化療放療追不上癌細胞蔓延轉移的速度，她平靜接受，發信給親朋好友：「不收奠儀，如果你來，請帶我最愛的向日葵。」

我與她們，都不算熟稔，甚至沒熟到需要去參加告別式。但直覺地，為她們各點一根白蠟燭。每根五十圓，我將一枚百圓硬幣投入木箱。秉燭祝願她們一路好走。然後，走上御廟橋。

橋下是玉川之水，溪畔一排莊嚴佛像背水而坐。就要進入最神聖的堂殿，我依照立牌標語，脫下毛帽，卸去手套圍巾，收起相機。正從背包裡挖出相機套時，我突然一驚：啊你咧？

我又忘記你了！

停下腳步，回頭一望，御供所已湧進日本進香團阿公阿嬤。他們身繫白褂，拄著木杖，神色虔敬。我定住猶豫著要不要倒退走，手上同時抓著毛帽、手套、圍巾、相機與相機套，拉鍊未拉的背包垂掛在手肘，看起來又狼狽又形跡可疑。進香團的導遊發現我了，以為我要停下拍照，對我揚手喊著：繼續往前走！這裡寫真禁止！

好吧。

前方，是好長一道石砌階梯，每一階，積雪已被前仆後繼的膜拜信徒踩出兩道足印。我拾級而上，四周寧靜得只聽得到自己的喘息。

最後一階，抵達空海大師御廟。LED溫度計顯示：零下二點七度。廟門的對聯上寫著：晝夜慰萬民住普賢悲願，肉身證三昧待慈氏下生。

寫真禁止，抄經可以吧。掏出筆記本，呵著凍僵的手，抄下對聯。

這一次，我沒有流淚，沒有什麼奇妙電流或玄祕感應。從呼出來的白煙裡，我隱隱知道，你不需要我為你點蠟燭。

因為，親愛的父親啊，對我來說，你已是永恆的存在。

與《父後七日》一起的時光（拍攝札記）

1.

第一夜，眾人散去，庭院與靈堂雖有一點淒清寂寥，但相對，反而也有好不容易安靜下來的感覺。庭院裡只剩道士阿義和表弟小莊在泡茶聊天。阿義對小莊說：「我是你媽媽的同學，但是我阿公是你外婆的哥哥，不是親的啦，是你外婆的阿爸認我阿公作義子，所以我要叫你外婆叫姑婆仔，要叫國源叫阿叔，你媽算起來，是我的阿姑。啊這樣，你要叫我……哥哥啦！」

親戚牽來扯去，論輩不論歲，我有很多明明年紀比我小的舅舅阿姨，或明明同年級，我卻要叫姑姑叔叔的親戚。國小一、二年級的導師我要叫姑婆仔，開學第一天就把我叫到旁邊說：你媽有吩咐，要打大力一點。國中的教學組長是我的舅公，所以每次月考我全校排第幾名連我阿嬷都知道。

就以拍片時來賣力贊助、情義相挺的幾位鄉親來說好了：

出借自家透天厝作為工作人員住處的，是我爸爸的媽媽的三哥的大兒子，可收攏為我爸的表哥，再簡稱為我的阿伯。

經營葬儀社半買半相送提供葬禮場景器材的，是我媽媽的爸爸的堂弟的兒子，他叫我媽叫阿姊，所以舅舅叫下去就對了。

片頭表弟返家坐的客運車，是到親戚的遊覽車上拍的。這位老闆我也要叫阿伯。他是我爸爸的爸爸的大姊的二兒子，也就是我爸的表哥。

他們上一次全員到齊，可能，就是我爸的葬禮。這次，再全員出動，也是為了這部講爸爸死掉的電影。

這樣東拉西扯，拜託來拜託去，豈不，很不好意思？不會，因為，每一層關係都緊密連結，和氣穩固，而能夠如此，的確是仰賴一次又一次的家族婚喪喜慶，如無盡的盛宴，大家在日常悲歡中，把稱謂再複習一次。

用我媽的話說，就是：大家都很親啦！

擔任臨時演員的更親。摺蓮花的一幫女眾正是我親媽與親姨。趴在紙房子前數一二三四的，是小我二十四歲的小堂弟。看日子的鄉紳耆老是我的外公。

外公的職業很多。他是農夫，是農會的理事長或總幹事我總搞不清楚，就是，名字會被刻在農會大樓外面，家裡有無數慶賀匾額那種，他也是每一次地方選舉的柱仔咖。他是家廟龍州宮的掌門人，每次進香都要下場帶隊舞獅。他快八十歲了，頭髮全白，仍聲如洪鐘，身手矯健，喜歡唱卡拉OK，會找我合唱〈雪中紅〉和〈一條手巾仔〉。吃飯喝酒，要判斷他醉了沒，就是注意他有沒有開始撂英語。

除此之外，外公還會擇日命名。所以，請他來，就是要他自己演自己。外公自己騎摩托車來，日常裝扮，已渾身是戲：詹氏宗親會紅背心、老花眼鏡、擇日黃曆、小楷毛筆、叨根菸。外公自己在農會便箋上寫好子丑寅卯，與飾演道士阿義的金鐘影帝吳朋奉對戲，毫不生疏。

擇日桌邊，還坐了另外兩位老人家，是我的叔公。擔任操管葬禮大小事的道士阿義，一邊與擇日耆老討論入殮出殯時辰，一邊請老人家抽菸。每換一個鏡位，就要再重點一次菸。

日後，在電視上再看到朋奉，外公叔公總大笑，與有榮焉曰：「彼個演員，一晚不知請我呷幾枝菸咧！」

另一個有型的臨時演員是外婆的小弟，我的小舅公。小舅公種植盆栽園藝樹苗，從我懂事以來，不分冬夏，他每次出現，總是一身牛仔裝，一雙牛皮夾腳拖鞋。我們從沒問過他的裝扮風格是從哪裡來，只留下了「很趴」的印象。

戲裡，當載著父親的救護車，在夕陽餘暉下，飛快駛過田間小路，路邊，一老農夫攜著隨身聽巡視稻田，隨身聽傳出地方電台質樸又生猛的賣藥廣告或氣象報告。而救護車尖銳的鳴聲，劃破鄉間原有的安穩靜好。

這個匆匆一瞥的老農夫，就是小舅公。他一樣，一身藍色牛仔勁裝，自己配上黃色的某某宮的鴨舌帽，與黃色雨鞋。

收工時，攝影助理跑來跟我說：「你舅公好有型！好像克林・伊斯威特！」我望向工作車邊的舅公，他正客氣地，把紅包裡微薄的臨演費抽出來，遞還給工作人員，謙和說著：「收袋子就好、收袋子就好！」

2.

阿梅家的客廳，如動畫效果，沙發、茶几、電視、家具家電一樣一樣不見，變成空曠的客廳。再如繪圖軟體置入新物件：神桌、祭品、蠟燭、遺照，一樣一樣被挪進來，很快，客廳變成一個靈堂。

當電影開始下鄉勘景籌拍，第一個遇到的問題就是：誰家要借我們搭靈堂？工作人員和我在鄉間小路偷偷巡視，哪個三合院已沒人居住，是不是可以出借。但媽媽特別囑咐無禁無忌的我，連開口都不要開口，免得觸人霉頭。在敬天畏鬼的鄉下，要找到心臟夠強的人家，來讓劇組把棺材、靈堂、道士、孝女、花圈、罐頭塔，全部放進你家，然後說：「這是假的啦！」真的，不容易。

這時，人稱詹董、經營葬儀社的堂舅出現了。

堂舅並不是一開始就當起「董仔」。他年輕時去當木工學徒，學的，就是刻棺材。幾年之後，出師了，頭腦靈活的他，自己吸收了上下游廠商，開了葬儀社。生意越做越大，他想，得拓展事業，而鄉下，最不缺的，就是土地。於是，他把祖產地重新整理規劃，再往更上游發展。葬儀社的上游，是什麼？

答案是：老人安養院。名為養樂村。

堂舅大方出借養樂村的接待廳。經過美術組的用心改裝，成了電影中這戶人家的客廳，也就是靈堂，是許多場戲的主要場景，在裡面要摺蓮花、要誦經、要辦法事、女兒動不動要撲在棺材上哭阿爸。我們問：那住在這兒的老人家不會忌諱嗎？看淡生死之事的堂舅回答得很妙：「讓他們先練習一下也好啊！」

於是，開拍了。拍攝現場，呈現出多層次的畫面。

中間，演員們披麻帶孝爬進爬出，外圍，工作人員把棺材等葬儀用品搬進搬出。再更外圍，則是放風時間由外籍看護推出來曬太陽的阿公阿嬤。有人插管，有人癡呆，而他們輪椅坐成一排，來看戲。

在阿公阿嬤團的更外圍，眼尖的副導演發現，有一位酷哥，經常看我們拍戲看得出神，充滿表演欲的樣子。酷哥是養樂村的工友，要打掃、修整庭園、倒垃圾。他長得瘦瘦小小，卻像極了黑道電影裡，跟在大哥旁邊最狠、也最搶戲的跟班。

問酷哥之前在做什麼？他說：四處流浪。堂舅說，他是艱苦人啦！就讓他來幫忙，有地方住，有點零用錢。

鄉下，有很多不知從哪裡來的人，在都市，被稱為街友、遊民、流浪漢。在鄉下，有個更悲憫的稱呼，稱他們為艱苦人。無依無靠、無家可歸、靠苦力過活的人。

太好了，有一場戲可以讓酷哥發揮。天兵表弟小莊，要幫哥哥大志拍一張拿花的照片，要兩位村人扛著藍背板，以便用繪圖軟體去背。小莊搞半天搞不定，熾熱難耐，小莊一說：好啊！村人要用力放下板子，一路操幹醮走出去。

我們請酷哥來試一下戲，他豎起手，信心十足說：「免！這我會曉！」

好，開機！直接來！

小莊說：好啊！酷哥的表演爆發力、節奏感、草根氣口，隨著摔板子，全部到位。一次ＯＫ。那自己加詞操成整串的幹醮，更是，真的，編劇我，打死都寫不出來。

而後來，當劇組再度重返養樂村補拍幾個鏡頭時，艱苦人酷哥，已不知去向，不知又流浪到何方。他就像個天使，賜給了我們一場天衣無縫的戲。

3.

道士阿義拿了張黃色封條，上面寫，一億五千萬給陰間林國源，其他無主孤魂不得佔用。阿義的助理遞上火把，給三個小孩，要他們站成一圈，這樣要給你爸的財銀才不會跑掉。火把點燃紙房子、紙車子、紙紮人偶，熊熊大火起。紅色火光映在每個人的臉上。

我是數字白癡，但拍片的預算書上，有個算式，總讓我害怕。那是，餐飲費。每人每天三餐乘以六十元，扣除早餐製片會特別早起張羅豆漿蛋餅或咖啡火腿蛋，午餐晚餐兩個便當，若拍二十天，等於，每人要連著吃，四十個六十元的便當。

所幸，主要場景在彰化鄉下，與製片討論，請當地的外燴食堂，依每人六十元的預算，做出五菜一湯或六菜一湯的合菜，放飯時，大夥就圍著兩三桌大紅圓桌吃，如鄉下的辦桌。

果真有幾餐，在外公家的廟埕上吃，像吃拜拜，外婆若正好燒好一鍋梅干扣肉，會端出來幫大家加菜，旋又進屋去，切出一大盆芭樂。

唯獨一晚，我們在田中公墓拍燒紙錢紙紮的夜戲，遂請食堂，打成便當，送到公墓來。收工時，便當也來了。黑暗中，那提著數十個便當，踩過公墓灰泥地往我們走近的食堂小開，對我咧嘴笑著，啊！是，雞屎耶！我的小學同學雞屎！

食堂小開的名字是基石，很正面很有為的兩個字，可是發音聽起來就是雞屎，我和很多小男生直接翻成台語，叫他：給賽！

對啊，基石的阿公是老村長，他爸媽在幫人辦桌。我們是小三小四的同班同學，有陣子兩個人的座位還在一起。小五分班，國中不同班，這一別，將近二十年。

基石把便當發放給工作人員，他看起來，只是小三時的原尺寸放大，一樣臉圓圓的，眼睛圓圓的。他開口第一句話是：「阮兒子國小二年級啊捏！」

相較起我的驚喜，基石一派輕鬆，他說早就知道是我在拍片，只是找不到時間相認而已。我拿著便當，坐在公墓旁的石堆上吃起來，基石也蹲下來，繼續開講。

他當兵時女朋友就懷孕了，退伍就結婚，現在已經生第二個了。我虧他真厲害。他說：「對啊！誰叫你們後來都去讀好班啦！」國中，能力分班，國小狐群狗黨鳥獸散，他們的生活必定比我精采，當他們無照騎車、偷抽菸、泡馬子，我就只有讀書、讀書、讀書。基石幫我更新資訊，說哪位同學現在在幹嘛幹嘛，誰娶某了，誰生子了。

公墓，人影幢幢，工作人員收拾著器材，紙錢紙紮已燒成灰燼，紙房子的竹框架燒不掉，大家合力拆解，丟進公墓鐵網圍成的金爐裡燒，基石也幫著我們。火光中，我感覺溫暖，感覺，我不再是那個好班的學生。

4.

寧靜暗黑的鄉間，矗立一座燈火通明的夜市，人民生活的精神堡壘。每週一天晚上，各式傳統流動攤販在此聚集。一台摩托車，慢慢靠近夜市，停下來，拿下安全帽。前座是小莊，後座是還穿著套裝、高跟鞋的阿梅。

在選女主角阿梅時，一開始很刻意找「中南部出生長大，到台北讀書工作」背景的演員，後來一波三折，回首一望，發現編劇兼舞台劇演員王莉雯很適合，她是三重小孩，從小在家裡幫忙賣魚丸，自然親和的氣質，看似平凡，實則自成一格。

阿梅與爸爸騎摩托車一場，本想在深坑的木棉道拍，但路邊已停滿一排車，怎麼看都不像彰化鄉下。遂轉往外環道，先拍現在的戲，女兒騎機車載爸爸的遺照。再拍回憶的戲，同樣的一條路，爸爸載著穿台中女中制服的女兒放學回家。

看莉雯換上台中女中制服，頭髮中分，很有感覺。惟台中女中制服自古以透氣又低胸著稱，高中時冬天我和同學常在下課時間躲進游泳館，把吹風機直接塞進胸口噴熱風取暖。這次苦了莉雯，只有把羽毛外套隨侍在旁，一卡就披上。

阿梅騎著小摩托車載遺照的戲，我們上攝影車跟拍，攝影師士英的free hand很有力量，每一個晃動都有感覺，他時攀阿梅臉，時攀露在車外的爸爸遺照，加上速度，雖然沒有日光，卻很有層次，很有張力。

而這台很難發動的破舊小摩托車意外加了分，一遇熄火，就得在冷天裡發動半天，在這一熄一發之間，莉雯也沒覺得煩，每啟動一次，看著monitor裡莉雯騎車的側臉與背影，我都覺得，把阿梅鄉下出身的卑微與韌性，逼得更出來了。

如果找來的是安全發動的機車，恐也沒這效果。

這場戲爸爸也必須穿短袖騎野狼機車，有武打底子的太保哥，在深坑的青山綠水環繞間，時以打拳熱身。

前一夜在深坑黑狗兄餐廳爸爸生日聚餐的戲拍完，我們請太保哥到外面練一下野狼機車，場務在後協助。場務本想太保哥不熟車況，大概會慢慢騎，他只消在後頭小跑步跟著，結果一發動，太保哥馬上變成古惑仔，打檔順暢，車速平穩，可憐的場務在後面跑得上氣不接下氣，跑回來後彎著腰，話都說不出來，直豎大拇指。

田間道路拍完，雨又開始有一陣，沒一陣。開始憂心，晚上的夜市戲怎麼辦？棒球攤已聯繫好，若雨下大，他們將奉陪到樂華夜市。傍晚，擺攤的流浪兵團一攤攤進駐佔位子，看來會開攤，但不確定卡拉ＯＫ來不來，執行製片載我去木柵或景美找家較local的唱片行，借一些台語唱片與伴唱帶，萬一不來，我們可自己陳設出一個爸爸的卡拉ＯＫ攤。

我們還在路上，接到電話說今天深坑夜市全部不擺攤了。萬念俱灰，趕緊回去與大夥會合，打算移師永和。結果一到，雨停了，燈亮了，一半的攤位已擺開，那時突升起一種共存共亡的革命情感，我們與這些擺攤者都是看天吃飯的小老百姓啊。

天漸漸暗，仍遲遲不見卡拉ＯＫ，為怕開天窗，我開車回家把能找到的洪一峰江蕙郭金發新春金曲１００等ＣＤ都載上備著，王導打電話來說，萬一數量不夠多，就帶一些舊書吧，把爸爸的攤子陳設成舊書舊貨兼卡拉ＯＫ攤。哈，這我最會，找了很搞怪的集合：家常菜第一次就上手、賴和全集、台灣世紀回味百科、日漢字典、簡體版水滸傳三國演義、壹週刊新新聞印刻聯文等過期雜誌與各國火車時刻表。

結果我把這些家當運到深坑時，噹噹，神奇的卡拉ＯＫ出現了。

接下來，除了雨仍時下時停，一路順利。中間雨下得粗時，太保哥跟工作人員說，我看你們工作車上有線香，拿三枝給我吧！我拜一拜。太保哥說這是他的習慣，每到一個場景就祈求一下。他說，你看吧，白天在路邊就沒下吧。原來是他先「請示」過了，讓人感動。

夜市的最後一場，爸爸過世之後，哥哥大志接手爸爸的卡拉ＯＫ攤，表弟小莊顧棒球攤，家祥與阿泰都演得好極了，搭上雨，搭上冷，那種蕭索落寞與一點點溫馨更到位了。

十一點鐘，夜市收攤，我們也收工了。借一句香港友人廖偉棠的書名：我們在此撤離，只留下光。

輯二 返鄉者

高速公路

車子從北斗上交流道，北上，過三義，一片靜寂。開車的我哥先開口了。

我哥：劉梓潔趕快說一些話啦我快睡著了。
我：喔，我覺得我好像快中風了。
我哥：靠北喔。
我：你說要找話題的啊。

又陷入沉默。

我哥：剛剛過了幾個收費站？
我：兩個，員林和后里。
我哥：那造橋快到了。
我：造橋上去是楊梅、泰山，泰山上去還有嗎？
我哥：汐止。汐止是北上要收，南下不用收。
我：那南部的，員林下去是斗南……然後新營……新市……
我哥：岡山！最後一個。
我：耶！那我們來背二高的！樹林、龍潭……

返鄉者

若不是聞到飄散過來的菸味，我不會發現她的——返鄉者。

二〇〇七年，高鐵通車，返鄉者們換了路線。高鐵台北到台中烏日站，走到台鐵新烏日站轉乘電聯車，搭到離家最近的小站。

在此之前，他們要提早訂好週休連假都很難訂的火車票，莒光號或自強號，山線或海線車程三或四小時，如果沒有誤點的話。或者，後車站承德路統聯客運，排成彎彎曲曲好長一列人龍，排歪了，就排到台南去了。

這裡的返鄉者，很抱歉，要畫一下地緣。他們來自彰化市以南的彰化，縱貫路上（學名是說，省道台一線），或中山高交流道，或普快車停靠站，你會看到的，永靖、社頭、田尾、北斗、溪洲。這些鄉鎮，雖然分別以襪子、菊花或肉圓聞名。但，基本上，它們像個美國中西部小市鎮，你沒有車或摩托車，哪裡都到不了。若你在縱貫路上開好久的車，四周是原野，一棟房子都沒有，忽看到路邊矗立著美國公路電影裡的景觀：在發亮的好大的T霸汽車旅館招牌，名字是尋夢園或青青河畔，是的，就是這裡。

返鄉者們的家，還必須從汽車旅館旁邊的小巷子，彎過幾塊田、豬舍、養雞場、土地公廟、縣議員服務處，才會抵達。但不是你想的形制完好的紅瓦屋或鄉村小木屋，現在大部分是，有圍牆有庭院有車庫的兩層樓房。周圍有傾圮三合院，有一整排剛興建好的獨門獨院洋房（建案名是巴黎四季或榮耀羅馬）。

返鄉者與我，就在這慣稱為家的房子裡，度過了兩天一夜，或三天兩夜。如果是夏天，我們會穿上可能妹妹高中時的T恤和運動短褲，穿爸爸或阿公的拖鞋，蓬頭散髮，膠框眼鏡，隔離遮瑕膏皆免，心情好會跟媽媽上市場，下廚做道在都市裡學的西餐（迷迭香煎鮭魚）或外省菜（合菜玳瑁）。有時也摩托車騎了就去幫媽媽買米酒（而且不用戴安全帽哦）。

假期結束，帶著一辦公室人份的桂圓蛋糕或古早味三明治，（同事提起這是網路團購超夯名產時，返鄉者總反擊：台北俗哦，我們從小吃到大耶，下次回家帶給你們吃。）提著行囊，由家人載送，經過彎彎的巷子與田間聯絡道，抵達名曰田中的小車站，買了一張往高鐵烏日站的電聯車票，過匣口，上月台。

就在這時，我聞到熟悉的菸味，嗯，女生愛抽的涼菸，按菸索驥，我看見她了。返鄉者。

她坐在月台最尾端的位置，像是放鬆、調節或切換著什麼地，抽著菸。（所以，現在我非常確定了，我遇見她的時間是，高鐵通車後，而月台禁菸令前。）她的菸，是從大包包裡的小包包拿出來的。哇，這個厲害，藏得真好。

呵，好幾次，若返鄉前先與朋友聚餐，臨去車站前總趕快把沒抽完的菸全部送他們，他們直說不好意思，我攤攤手，不能帶菸回家的啦。

抽菸的人看見人家抽菸就會更想抽。沒錯，但我還沒切換、還沒放鬆、還沒調節，所以，我只是默默看著返鄉者，抽菸。她比我穠纖合度，是有點瘦，頭髮是我燙好幾次都失敗的無重力燙，隨性又有型，穿著亦然，時尚界說的，smart casual。最讓我羨慕的，是她腳上那雙，TOD'S墨綠色麂皮便鞋，雜誌上稱豆豆鞋。我這種波西米亞人，會對自己做的最奢侈的事，就是把整筆稿費拿去買一雙鞋，但這雙，哇，還買不起呢。

火車來了，我坐在她對面，不露聲色地，繼續隨火車搖晃，欣賞她的鞋，我的夢幻鞋。但，才行駛不久，火車突然停了，不是靠站，卻一動也不動，沒有廣播，車上人開始躁動。列車長拿著無線電匆匆走進車廂，說：「頭前那班車有人臥軌，等一下呴！」

啊，déjà vu。

不，déjà vu說的是隱微模糊的似曾相識，而我的記憶，是千真萬確。

十年前，我也遇到臥軌，火車暫停。我甚至可以清楚說出那天的日期，是：一九九八年七月二日。我的大學聯考日。

一樣在從田中往台中的電聯車上，途中有人臥軌，我與一車子考生驚慌失措，深怕錯失考試時間。與我一起坐車的，是陪考的母親，提著一袋削好泡過鹽水的蘋果，與兩把摺疊椅。

我開始幻想，嗯，第一堂考英文，坐這班車的學生都可以加分。不知過了多久，火車開動了，考試時間沒被耽誤，我前進都市的夢想，也沒被耽誤。

想起來，那次的臥軌事件後，我就考上台北的大學，離開家鄉。而十年已過去。

字正腔圓又溫柔的國語，把我喚回來。是，返鄉者。她拿著最新款的手機，向電話那頭報告臥軌意外。嘿，是對都市裡的男朋友吧！她又撥了另一通，用的是台語，是跟媽媽再報告一遍吧，語氣裡，獨立大過撒嬌，彷彿媽媽再多叮嚀一句她就要噘嘴了。

我好像也該這麼做。但，多年來我已養成不向人交代行程的習慣。出門是丟掉，回家是撿到。對媽媽、對都市裡的男朋友皆然。

但，我是不是也常輕鬆自然地，切換兩種語言，兩種聲調呢？如同一根菸，可以切換城市與家鄉的狀態。火車動了，車上乘客有位好事熱心且人脈廣闊的中年人，大聲說著，他打去分駐所問了，從中間壓過去，切成三截呢！說是精神有問題的啦，呷安非他命的！

返鄉者娟秀的五官略略皺眉，眨了眨長睫毛，抿了抿嘴，戴上耳機，好似，就把自己隔離在這些鄉土事務之外了。

我也一樣。我不知道返鄉者聽的是什麼音樂，可能是王菲，可能是陳綺貞，但也可能是英國後搖滾樂團。我們彼此疏離，各自戴著耳機，ＭＰ３裡可能曲目各異。但我開始在心裡，跟你說話。

返鄉者，你也跟我一樣，十年前大學聯考，就決定不管考幾分都要從台北的學校開始填志願，而且去台北一定要先去敦南誠品嗎？嘿，跟你說一個很蠢的，我大一還和高中校刊社同學跑去誠品前面喝啤酒，不睡覺，覺得自己就是文藝青年了。一年內跑完所有地下音樂酒吧，酒量大概是那時練的。

我們已不是孤女的願望那一代，離鄉背井，不是為了投入經濟起飛的年代，而是，我們需要都市裡那些資訊與資源，更淺一點，我們需要那些配備：涼菸紅酒、翻譯小說、搖滾樂ＣＤ，更甚者，老外男朋友。

可我相信，潛藏在心中的，我們仍是一個鄉下小孩。放大來說，就像是，土耳其作家到了美國，印度作家到了英國，成為英語流利、以英文寫作、用英文上課的教授級作家，但他們畢其生探索的，仍是那離散情結，他們寫的東西就叫離散文學。

啊，對不起，我嚴肅了，返鄉者。也許，你沒想那麼多。你只是輕鬆、自然、恬淡自適地，過你在都市與在鄉下的生活，沒有我那麼磕磕絆絆，那麼彆彆扭扭。我羨慕你，真的。

火車到站。從台鐵站到高鐵站，要經過一段不算短的走道。我總覺得，這條走道，像在過渡著什麼，因為穿越它之後，高鐵站這頭，就是：星巴克、摩斯漢堡、樂雅樂、書店、Yamazaki麵包店，一切都市配備又回來了。

這些醒目明亮的店招出現，我就看不到返鄉者了，我嘗試著用目光梭巡一遍，未果。好了，我告訴自己，別再像個偷窺者了，就要回台北了，乾淨俐落點吧。買好票，進入匣口前，我突然想到什麼，想要印證什麼，我提著大包小包行李，快速跑進便利商店，買了一包菸與一個打火機，再衝出玻璃自動門，到高鐵站外的走廊吸菸區。

沒有。她不在這裡。返鄉者已消逝無蹤。

我的一九八〇年代

1.

那是你二十九歲參加一場名曰療癒內在孩童的靈修體驗營才發現的事。

你與一群人盤腿圍坐，治療師以輕柔聲調，引導回溯冥想：輕輕閉上眼睛，回到童年的那條路上。在混合印度梵唱西藏頌缽的音樂中，你感覺到周圍人們開始低頭啜泣或抽面紙擤鼻涕。恭喜，那代表他們成功找到埋藏在深層意識的童年創傷，正在藉淚水洗刷療癒。治療師說，放開一切，讓它出來吧，眼淚代表豐沛的愛。最後，大家會互相擁抱以守護住愛的源頭。

而你，你發現了要命的事，那就是，媽呀我沒有創傷。你只看到你，頂著一九八〇年代最流行的日本娃娃頭，傻不愣咚咧著嘴笑，手握甘蔗邊啃邊吐渣，跟在你哥後面，騎腳踏車或灌蟋蟀，堆沙堡或挖壕溝。你們遊戲的場景之一，是鄉公所，因為你媽在那裡捧鐵飯碗，一捧三十幾年。你跟你哥托兒所下課就到這裡來玩到你媽下班。你在鄉公所裡認了五個乾媽，每跑過一張桌子都有人叫你來畫圖摺紙或吃糖。你們玩捉迷藏時當鬼的人就趴在國父銅像上數秒，連鄉長的桌子底下都可以躲。鄉長還是你外公的拜把。

音樂聲止，慢慢把眼睛張開，把身體帶回當下。你才發現更要命的事，媽呀你哭得跟牛一樣。治療師說，有什麼問題嗎？你舉手，我沒有傷為什麼我還哭？那是另一個生命課題了，治療師帶著一抹悲憫而詭異的微笑說，我們留到下一堂課。

2.

我一直記得我學會寫名字的那個夜晚是星期一。

哪一年哪一月哪一日，不記得了。我五歲或六歲，那麼，父親就是三十二或三十三歲。記得星期一，是因為，星期一，臭豆腐會來。一對夫妻騎著電動三輪車，沿著小巷叫賣，老闆會拿著麥克風，喊：「臭豆腐～」

三合院老家的客廳裡，爸爸攤開哥哥沒用完的小學數學作業簿，一頁有八大格，教我一筆一劃，寫在格子裡。三個字，整整四十一劃。筆劃好多，好難。我依樣畫著，一邊撇、捺、點、勾，一邊豎起耳朵注意聽臭豆腐來了沒。

因為，爸爸說，學會寫名字，等下就買臭豆腐給你吃。

那個晚上，為什麼客廳只剩下爸爸和我兩個人，媽媽、哥哥跟妹妹去哪裡呢？以及，後來，我真的吃到臭豆腐了嗎？

我全忘了。千真萬確的是，我在那個晚上就學會了寫名字。那是我小時候難得一件可以拿出來說嘴的事。

3.

八〇年代，正好我一歲到十歲，從出生到小四，結束在天安門事件，與同學每天排路隊回家一邊唱著〈歷史的傷口〉。

我那十年與「優秀」兩字完全無關，叫我寫作業不如去給阿公報明牌，每天上學能把該帶的東西帶齊我媽就很阿彌陀佛了。

小一到小四，只有兩字能形容：脫線。再加兩字的話，就是：很皮。

小一上課時和旁邊的小男生比賽，誰可以把鉛筆削到最尖，兩個人四隻小手在桌底拿著鉛筆和小削鉛筆機奮力轉著，結果老師走過來，我趕緊把手上東西往抽屜一塞，那好尖好尖的筆芯，直直刺進手掌裡，斷在裡面了。

在學校怕被罵，不敢說，回到家手掌周圍都腫了，讓媽媽拿針慢慢挑。我一隻手給媽媽，一隻手拿一本圖畫書，架在膝蓋上看，很痛，但不敢叫，不敢哭，不敢縮手，好奇怪，那時就有一個執念，我只要很認真很認真看書，就會忘記痛了。

但我只有一隻手空著，書翻得東倒西歪，便把還在念幼稚園的妹妹叫過來，幫我翻書。妹妹似乎也覺得這差事很好玩，我看完一頁，說：好，她就翻，偶爾發表意見：「真的嗎？哪有看那麼快?!」

燈光下，三合院，母女三人，這就是我最早閱讀的記憶之一。

升上小五，第一次月考，不知老天閃過一道什麼光，我考了滿分，六百分，一題都沒錯，第一名。老師同學詫然，同時把我的生命畫了一條線，歸到好學生那邊。

從此以後，有如進入罐頭生產線，就是另一個讀前段班、考第一志願省女中、國立大學的討人厭的好學生的故事了。

4.

長大，進入所謂文化圈工作，聽過幾位外省第二代前輩，說他們共同的童年記憶竟有一幕是，躺在一疊一疊未裁切的鈔票上睡覺。因為，他們的父母在中央印製廠上班。

如果說，我的童年也跟什麼「廠」有關的話，那無疑是「羽田機械車廠」。大概我出生後不久，父親就到羽田上班，雖只是個基層員工，但當時福利應該很不錯，逢年節，公司會發送日系、歐系百貨公司的禮券，那就是媽媽和我們三個小孩最早「西化」的開端，第一次吃牛排、吃漢堡、買洋娃娃和樂高，都是因為要用掉這些禮券。更不用說，家裡的餐具都印有Peugeot商標。

客觀的資料，是這麼記載的：羽田在八〇年代初以組裝法國Peugeot車起家，一九八三年起和日本Daihatsu簽定技術合作協定，又生產日系車，但到九〇年代不敵其他國產車竄起，在一九九五年倒閉。

很模糊的記憶，好像父親還跟工會去靜坐抗議過。而我一直記得羽田董事長的名字：葉林月昭。

有次父親拿回一張公司頒給他，可能年度績效優異或是員工運動會的獎狀，看著上面的董事長大名，搖搖頭喃喃自語：「葉林月昭，難怪薪水越領越糟。」

5.

八〇年代，忽有一夜，人聲鼎沸，跑進跑出，吆喝：中了中了！中的，是大家樂，讓一干鄉親父老為之瘋狂的賭博遊戲。一夜致富的傳奇不絕於耳，總是聽到，市場哪個賣豬肉的一期就中幾百幾千萬，豬肉不賣了，開始在自家田地蓋起樓仔厝。一支簽對，就中一部賓士。一支簽錯，連老婆都不見。班上會有些來來去去的轉學生，聽老師家長們耳語，在跑路的啦。

那時沒有名牌風，只聽明牌的。

明牌在哪？在夢境，在路上，在所有非自然顯像裡。夢見蝴蝶是33，騎機車出門輾過一條蛇，要努力回想，那蛇是彎曲成0或6或8，被狗追被狗咬更不用講，9簽下去就對了。小小孩蹲在稻埕尿尿，水痕留下什麼數字，小孩考試考幾分第幾名，都是阿公阿叔鹹魚翻身的關鍵密碼。

在集體狂熱之下，脫線的我，不知為何，成了明牌小神童。初時是被大人帶到廟裡等待乩童降乩拿毛筆鬼畫符，從裡面拆解數字，或是從香灰或白米看浮字，我一股憨膽，總是最快大聲報出來。果真，說中好幾次。學校的小學生儲蓄日，我就帶著這些分紅的獎金，幾百元幾百元存進去。好一陣，阿叔阿伯會跑到家裡來，問我，最近眼前有沒有閃過什麼數字？

然而，又忽有一夜，隨著不知是何時禁了賭、退了燒，神蹟不再降臨在我身上。

王功重遊

你知道嗎？長很大之後，我才知道，王功，原來不是王宮。

小時候，你與我媽的兩份薪水養三個小孩，我們連小康之家都稱不上，記憶中你也從沒開過什麼好車，但一想起童年，卻滿是出遊的畫面。

當時還沒有週休二日，在車廠上班的你，一個星期只有星期天不用穿卡其色的工作服。出遊前，你並不會預告或號召，但我記得的是，當你開始熱車，把椅墊拿起來甩甩，幫水箱添水。我就知道，要出去玩了。

行前，你從沒研讀什麼旅遊指南。我們住在彰化正中央平原，出遊路線有兩條：一往東上山，從田尾連接田中，再到南投，名間、竹山、鹿谷；一往西下海，從田尾翻過高速公路上的陸橋到溪湖，再到二林、芳苑，王功海邊。

我們沒有目的地，你也從來不會說去哪邊。玩法是這樣：上山路上看見哪個路基可切下溪谷，便停了車，抓蝦戲水；看見哪個觀光柳丁園正開放採果，便攜了塑膠袋，採得滿車柳丁，準備回家分送親友。下海一途亦如此隨興，抓螃蟹、摘西瓜、找個海神廟燒香拜拜、吃片蚵嗲，吃盤炒蚵麵、返程必到溪湖糖廠吃冰。

在我小學三、四年級的時候，中部旅遊突然熱門起來，一些大型遊樂場度假村紛紛開業，九族文化村、九九峰、斗六天元莊、劍湖山遊樂世界，大型廣告看板在路上巍然高聳，打著：一票玩到底。星期一到學校去的時候，同學興奮討論兼炫耀，昨天我爸媽帶我去了好刺激好好玩喔。

可是，一個我都不曾去過。

出遊路上，經過一座遊樂場，我會偷偷觀察你扶著方向盤的手，是不是準備打方向燈，但從來沒有，反而是遇到遊樂場周圍大塞車，你會痛幹幾聲。有一次拗不過我妹吵鬧，你只好開進遊樂場，在停車場停下，收費的小弟馬上過來，點了兩個大人三個小孩五張門票，外加停車費，一共要收多少錢，正確數字我忘了，只知道，對當時一個禮拜零用錢五十元的我們而言，那是天價。

你一邊倒車出遊樂場，一面跟我妹妹說，我們有來過了喔。

多年之後，九二一地震後，我參加大學社團的賑災隊。當遊覽車駛過同樣一條路，看著那些因走山而傾圮敗壞的遊樂園，殘破不堪的大型招牌，恍如隔世。天曉得它曾經是幾雙童稚的眼睛裡，殷殷企盼的希望之託。

因為沒有目的地名稱，每當玩回來，要寫日記。問你，今天去的地方叫什麼名字？你說就寫「ㄇㄧˊㄐ間」吧，我便寫上，今天爸爸帶我們去「民間」玩，感覺起來，好像我們一家是遊走的鬼魂或天上的神仙一樣。

或者你說，今天去的叫「王ㄍㄨㄥ」，我就更理所當然寫上，今天爸爸帶我們去「王宮」玩。回想起來，王功海邊，夕陽輝映下金光閃閃的沙灘，以及那之中你與我母親尚年輕的臉，對我而言，的確就像座美好的王宮吧。

接下來，我們長大，時間流逝，如電影之過場。

我離家，念高中，讀大學，考研究所，戀愛工作。

你不再健康，提早退休，打胰島素，洗腎，進出醫院，氣衰體弱。

病榻上，你忽喃喃對我說，去考個汽車駕照吧。這句話，竟成為我唯一記得的你的遺願。

父後三年，我開車已平穩嫻熟。這次，載上三兩城市裡的朋友，回彰化玩。我選擇海線，循著童年的路，重遊王功。

王功這幾年變得極熱門，漁火、夕照、景觀大橋，童年夢土好像被文史工作室與旅遊局規劃過了一般，插上好幾個說明看板，反而變得不再真切。

我找到抓螃蟹的沙灘，才知道螃蟹真正名稱叫招潮蟹，而沙灘也不是叫沙灘，叫做潮間帶。海風強大依舊，多了許多遊客。記憶中空曠的王功大街，竟也擁擠起來，多了便利商店，紀念品中心。大概是觀光氣氛使然吧，竟覺得路邊一群群包著頭巾戴著斗笠的挖蚵婦女，都像是展示了。

名產不可不吃，除了蚵嗲之外，王功開始觀光升級，有哇沙米花生、養生麵茶、紅土地瓜。有朋友鬧著要吃枝仔冰，我這神遊到童年王宮的失職導遊，才回了神，擺出地陪架勢：吃冰，當然要到溪湖糖廠啊！

溪湖糖廠，是許多彰化小孩沁香濃甜的記憶匯聚之處。糖廠福利社各種口味的枝仔冰、四四方方一塊的冰淇淋三明治、或從冰櫃裡挖出的一大球雪白冰淇淋，數十年不變。在都市長大的朋友們，儘管第一次來到溪湖糖廠，都在這將時間凍結的福利社裡，召喚起童年的單純美好，拿著保溫的保麗龍盒，興奮挑選。

一位朋友看見貨架上台糖出品的各式健康食品，便問大家，還記不記得小時候吃過的台糖健素糖？被這麼一提，每個人都懷念起那一顆顆裹著彩色糖衣，給小朋友吃的像維他命丸的東西，恨不得馬上抓一把放入口中。

架上什麼養生黑糖、健康寡糖都有了，唯獨不見健素糖。問了台糖櫃檯人員，得到的答案是，哦，後來驗出來健素糖裡的酵素，是給豬吃的，就停止生產販賣了。

我們不禁覺得又好笑又悲哀，好笑的是，原來我們小時候都被當豬一樣餵，悲哀的是，這童年難以忘懷的味覺記憶，竟就這樣，給豬吃了。

我跟著朋友們嘻嘻笑笑，心中卻升起莫大失落。

你知道嗎？那時，我突然感覺到，儘管我可以不斷開車重遊，但事實上，我離那條童年的路，已經越來越遠了。

烏路賽

烏路賽，是我爺的咒語。說出這三字之後，他會自行消失。

每遇家族歡鬧聚會場合，大家嬉笑至不能克制聲量時，我爺會說，烏路賽。然後獨自起身，走到外面，自覓幽靜。當時沒人懂日語，又聽到一個賽字，以為大概是罵人的話，一屋子後生晚輩窸窣著，爺生氣了。

烏路賽，日文的煩い，發音為うるさい，u-ru-sa-i。可以翻譯成吵鬧、囉唆、煩人、麻煩，不是斥責或罵囂，比較像現在少女們的嬌蠻發嗔：你很吵捏！但從我爺那八十歲背脊始終直挺的老人口裡說出來，沒人會認為是在撒嬌或裝可愛。

偏偏大家族，烏路賽事特別多。村裡廟會造醮扮戲要奉納香油錢，我阿嬤說多添點卡有保庇，我爺說烏路賽。大年初三宗親會辦桌，我爺的三個阿姊兩個小妹都要回來，送往迎來，我爺說烏路賽。遠親嫁娶要他北上喝喜酒、溪坎田地立了高壓電塔租不出去、眾孫女不斷弄回小狗小貓來養，我爺說，烏路賽，烏路賽，烏路賽。

舉凡勞師動眾、荷包不保、影響我爺從容規律吐納作息之情事，皆烏路賽。他是個持戒清淨的隱士，也是個頑固番顛的老人，兩者合起來，得到壓抑彆扭的家族性格。不知從哪個祖宗就遺傳下來，毫無疑問的是，我也有傳到。

也許，寫作是我面對這個太嘈雜喧鬧的世界，尋找脫逃咒語的方式。

爺爺與鐵道的六個故事

1.台鐵田中到台東

你一直都那麼從容。

我看著你身綁滑稽紅毛巾，背脊挺直雙腿併攏站在你哥的棺材前，心底突然浮現這句話。

道士唸唸有詞抓著你的手，兩人合握一把鐵鎚在棺材周圍東劃一下西揮一下。這叫封釘。已經好老（七十七歲）的你，為更老（八十六歲）的你哥封釘。我好怕你會倒下去，好想衝出去說我爺已經好老了能不能換個人來執行這個任務。

可是你沒有，你好從容。

你一直從容地，做每一件你認為就該這麼做的細瑣小事。每天回家之後，你從褲袋裡拿出手錶，把錶面旁邊用來調時間的小針拉起，一切靜止，放入抽屜。出門前，戴上老花眼鏡，對著客廳大鐘對時，調到正確時分，壓妥小針，秒針發出細微滴答聲，放入口袋，出門。那是某一年農民節的紀念錶，錶帶已斑駁磨損，循著塑膠皮面的偽紋路龜裂。

該省則省，你說。省，一個字就說了你的一生。你連出遠門都省，這生最遠去到台東。而且，就那麼一次。

南迴鐵路開通那年，你住在台東的二姊生病了。你想去看她，省麻煩，不勞師動眾，省時間，一人上路最乾脆，省力氣，不過夜。你一早騎著金旺八十，到田中火車站，八點的火車，下午一點抵達。看過姊姊，下午四點，再搭火車回來，晚上九點餘到家。心急你怎麼消失一天的我們，迎向前問爺你去哪裡？你答以，台東。

我們不信，趕緊打電話到台東求證，電話那頭你外甥抱怨，苦勸你住下，你打死不留，兩邊嘰哩呱啦對你的孤絕行徑感到又好氣又好笑。

而，坐在門口台階的你，正悠悠地，把脫下的鞋子排成直線脫下的襪子翻成正面。

2.高鐵台北到左營

你與你的金旺八十有個著名的笑話。

有天早上，你照例騎著摩托車上市場晃晃，安全帽照例放在摩托車籃子裡，逛了一圈回來，安全帽不見了。第二天，同樣時間同樣地點你停好車，把新的安全帽拎著進市場，逛了一圈回到原地。

摩托車不見了。

我不知道你和你的安全帽是怎麼回到家的，只知道過了不久，你又買了一台新的摩托車，仍是金旺八十。彷彿打檔是你生命中的一部分。

我哥我妹與我小時候，都有過與你一起的摩托車之旅。去了哪裡，說不出確切地點，也許只是遊蕩。

只記得如果中間停下來休息，必定是一棵老垂榕下的肉圓攤，推車朝外那面寫著北斗肉圓，在斗與肉之間，有個圓圈起來的字，可能是「火」，可能是「生」，可能是「瑞」，代表正字標記。我學你跨過椅橑，專心用木叉子，戳著淺盤中的滾燙的肉圓。你會為自己點一塊蚵嗲，碎韭菜與碎蚵仔揉成的扁麵餅，下油鍋炸，蘸很多醬油膏。

有時，會到了某某代書的家。我才知道，你逍遙的工作，叫做「中人」，也就是現在的仲介。原來你在時速二十的摩托車上，目光正掃過數片田地，從中斡旋買賣，賺取佣金。這是我到現在仍想不透木訥的你能做的事，但你似乎做得不錯，從代書家裡走出來時我也總可分紅。

我哥我妹與我長大了，你照常一人上路。有次回家我問爺你現在都去了哪。你說，很認真地說，去看高鐵建到哪裡。彷彿是七十年前日本老師交代給你的功課。

很快，高鐵橫過我家鄰鄉的平疇沃野，通車了。我邀你從台北坐到左營，你說，我寧願坐新幹線，很認真地說。

3.新幹線東京到京都

我去坐新幹線的時候，沒有告訴你。因為那時，距離你的長子，也就是我爸，過世才一個多月，而我更早以前買的優惠計畫機票，已經要到期了。我不認為非得浪費一張日本來回機票才能表達喪父之痛，所以，一個人，靜悄悄，上路了。

最痛苦是，回來之後，不能馬上繞著你團團轉，告訴你，你那個魂牽夢縈的日本，其實是怎樣怎樣。

你的晚輩們都知道，想討好你孝敬你，唯一方式就是到台灣的日本超市或進口水果行，買所謂的日本蘋果給你吃，而你往往淺嚐一小片，留下一句：這不是日本的，就自顧自晃蕩去。但大家還是義無反顧地買給你吃，聽你說一句：這有像日本的，就像通過美食家五星鑑定一樣開心。

最感心者為住台北的大表伯母，蘋果之外，還有銅鑼燒、仙貝、羊羹以至森永牛奶糖（認明要大顆的）。

但是當大夥說起帶你去日本，你的回答總是，我昨暝去過咯。

大家便起鬨，要學過一點點日文的我，去認識個日本男生，嫁到日本去，這樣舉行婚禮時，就可以拗爺爺去日本了。

俗得很，我知道。但我到達東京，第一件事，就是到超市買一顆所謂的日本蘋果，幫你考察，是否真的酸甜芳香口感綿密無人能及。其實，好像沒差。但我還是到一百圓店買了削皮刀，東京、京都、姬路、奈良，見超市就買上兩顆蘋果，止飢解渴外，也為一路吃下來幾沒什麼綠色配菜的丼飯，加一點維生素。

在新幹線上，也不買感覺只裝了薄薄一層飯的冷便當，只吃蘋果。我悠悠削著蘋果皮時，總有意無意掃射起車廂裡，一堆神色嚴肅翻著《朝日新聞》的日本白領，尋找假結婚的可能。

4. JR京都到奈良

我五歲。你告訴我，明治是一八六八年，大正是一九一一年，昭和是一九二六年，按呢你知否？

你用樟樹葉柄，把這幾個數字，畫在泥土上。

我手裡拿著石頭，往樟樹的漿果槌去，籽與果漿濺開來，飛上鼻臉，你用一片樟葉幫我揩去，我從此記住了那清香的味道。

以上上半段，其實是我數年前虛構出來的，一對祖孫的鄉土教學片段。當時一腔政治正確，以為以此開頭能寫出浩瀚新歷史小說，但是不知何故無論如何寫不下去了。

和你之間，從小到大，有關數字的對話，真實版本應該是這樣的：這期開幾號？啊你有中嗎？中三星的喔？特仔尾咧？

你是我看過最節制也最優雅的賭徒。你把每期六合彩中獎號碼工整謄寫在我們沒用完的國中作業簿裡，圈點畫記，每日端詳，看出機率，小簽數十數百元，也經常小贏個數千元。我興來會幫你算，果然算得準。後來樂透當頭，家人或買著玩，就我們爺孫倆不跟，忠心跟隨傳統組頭。

不過，關於植物的記憶是千真萬確的。小時候你告訴我，日本人把明信片叫做葉書，把字寫在葉子上，我們一起把好多片玉蘭葉放到排水溝，等溝裡的蛆把葉肉蝕盡，就變成葉脈書籤。我們一起走過的田埂不計其數。

或許是這樣，到京都後，我竟然從名園古剎裡岔開，尋找稻田。京都往奈良的ＪＲ電車上，經過好多山城青谷、山城多賀等小站，據我看料理東西軍的心得，這種地方必定有一望無際的稻田，蜿蜒小路盡頭必定住著會種出蘿蔔番茄等究極食材的老農夫。

我拍下照片，不禁覺得好笑起來。

5.京滬鐵路上海到北京

時勢所趨，當你過了七十歲，你的一個女兒與一個兒子為謀生都去了大陸。你女兒我姑在上海，你兒子我小叔叔在廈門。因此，這幾年年夜飯的餐酒總有長城干紅或張裕解百納葡萄酒。大家每年起鬨，明年到上海或廈門過年吧，至今沒一次成行，原因在鐵齒的你。

你一邊品啜對岸紅酒，一邊叨唸著，共匪仔國家。

後來，我也一次一次西進，旅行或工作。大部分是夏天，大部分是上海。上海夏天最是嚇人，一開始興致勃勃，跟著姑姑搭公車南征北討，到毫無遮蔽的名牌仿冒勝地襄陽市場，頂著大太陽厮殺，但稱不上血拼，只是跟小販們演起「明明就是三十塊的東西你要先開到三百塊然後再搖頭嘆氣降到一百塊看我轉頭往前走再把我叫回來說好啦好啦」的戲碼，我演得不太入戲，而且常會NG，殺價到一半就晃出一張百元鈔，宣告破功。真正專業的買家，要到最後一刻還窮酸地捏著皺巴巴的十塊二十塊紙鈔，用聽不出口音的聲調說：就這麼多了，賣不賣？

上海，到處是這樣的遊戲，玩久便膩。

於是它變成我一個極舒適的中繼站，待在姑姑家裡，有如回彰化老家。姑姑與我興起會打電話鬧你，問你，在一大群後輩裡，你最愛誰？

通常是得不到答案的。你只是笑，有時再加上一句：誰給我錢我就愛誰。

偏偏我的錢留不住，就像在一個地方待不住。在上海一陣子，就搭個公車到火車站，坐上直達北京的臥鋪車，晚上發車，醒來之後就在北京。幾個清晨，我走過遊民叢聚、便溺味四起的北京車站廣場。

那時我知道，已經離你很遠了。

6.平溪支線菁桐站

每次要拗你出遠門，大家就開始下注，爺爺最後會不會去呢？每一次，沒有例外，都是壓「不會」的贏，玩到後來沒人要玩。

但是這次，你竟然要來台北，喝你外甥的兒子的喜酒。據說，是你外甥的四個小孩不眠不休接力奪命連環call，請動了你。

我翻出一張夜市買來的美空雲雀精選集ＣＤ，放在車上，備著，心想說不定你會欽點，說要坐我的車。

結果沒有。

我想你應該會來我的石碇新家，便規劃起觀光動線，想著，怎樣讓你與我阿嬤有吃有看有玩，又不會太累，人滿為患的深坑老街對你而言實在太擁擠。第一想到的，是石碇與平溪之間的菁桐站，那邊保留了日本宿舍群，很多你與我阿嬤愛看的鄉土劇，就在這些日式木屋取景拍攝，改裝民宿亦取「東京」、「北海道」這樣的名字。我打算在這裡幫你拍張照片，用來騙人說，我帶我爺去日本了。

結果，你來了。但是沒有機會出去走走，因為，一聽到你來台北，所有在台北的親戚，都大驚小怪直呼哇要中樂透了，一群人前仆後繼，要來我家看你。包括你身體硬朗的九十歲大姊，我的大姑婆。

我家很快擠滿了人，有如過年。大家看著你就很高興，不期待你會講話，一屋子人自己聊起天來。你只是坐著，站起來，推紗窗，關紗窗，一個人坐在陽台板凳默默抽菸，如是動作，一個下午好幾次。

終於有人起鬨，走走走去深坑吃豆腐。我在心裡跟自己打賭，你不會去。耶，贏了。你催促二叔送你回他家睡午覺，於是我送你們下樓，說再見。

我害怕這是你最後一次來台北，上樓一途，淚流滿面。

輯三　宅女及其所創造的

柳丁計程車

跑了一天採訪，結束，已經晚上九點多。
滴水未進，飢寒交迫。
從報社出來，直接攔了計程車，
打算到師大夜市吃一客辣到流汗的飯。

一坐上，司機即噗哧噗哧地笑，
用笑到稀糊稀糊的聲音說：
你坐到一顆柳丁啦！

換我大笑，往屁股一摸，果然有顆柳丁。
司機說：你跟人家坐到的你要把它吃掉。
我聽了又大笑，笑這個可愛的事，也笑司機的笑聲。
大概我的笑聲也滿爆笑，司機也不斷笑。

我們就這樣從和平西路笑到和平東路，
從大理街笑到龍泉街。
我帶著這顆表面有點醜的黃色柳丁下車，
消除了一天的疲累。

我在永和及其他

大龍對我說，姊姊，這些一車真的裝不下好不好？

大龍是專業搬家工，當然我不是他的姊姊。這邊的「姊姊」，是用來表示服了你、拜託你、求求你的意思。通常以「姊姊」開頭的句型，都會用「好不好」結束。

例如，將近十年前，我哥也這麼對我說過。

姊姊，這些書真的很重好不好？

那是七月四日，大學聯考結束的隔天，我從住了三年的學生套房，要搬回家裡，然後等待成績單，等待分發，等待命運把我送到哪一個新城市。我第一次知道，什麼叫做把生活痕跡連根拔起，清空屋子，繳回鑰匙，拿回押金，關上門，與這個屋子永遠不再有任何關連。

高中三年，除了少量的日用品與衣物，家當只有書而已，我連打包都省。看著手腳俐落的哥哥，一趟一趟把房間裡的東西啪搭啪搭往借來的九人巴裡疊，感覺虛弱。我從小對灰塵過敏，正好順勢縮成一個遜咖，在旁邊抽著鼻涕揉著眼睛，拍打不斷冒出來的紅疹。多年之後我知道，那種虛弱，不是鄉愁，不是捨不得，而只是告別。告別的力氣太大時，產生反作用力讓人虛弱，但它很快就會隨著搬到新地方而結束。

回家卸下日常物資，原車載著那座功成身退的書山，直驅回收場。書山主要由名為「大同資訊」的函授教材堆成，九〇年代它在中彰投地區叱吒一時，堪稱前幾志願良藥。回收場阿伯一看，也知道用小秤子分次秤會秤死人，遂指揮哥哥把車開上地磅，秤第一回，再把所有的書卸下，秤第二回，兩回數字相減。就這樣，用曹沖秤大象的方法，得知我一共念了一百公斤的書。廢紙價格一公斤一塊錢，賺到一百元，哥哥載我到夜市外帶了一份牛排。高中三年外宿生涯，以一客夜市牛排作結。

後來聽住在市區的同學說，他們把參考書拿到舊書攤賣，暑假玩樂的費用都有了。我的吃牛排就吃光了，是怎樣？

這個故事告訴我一件事，凡丟棄的錯過的，不再追悔。

接著，住進我這輩子住過最昂貴的地段，台北市大安區。師大路六人一室宿舍，上面是單人床、下面是衣櫥與書桌，六張書桌擺六台巨無霸電腦，冬天正好當暖爐，夏天六張床上只得再擺上六台小電扇，有時翻身一腳踢飛電扇，熱醒了，再爬鐵梯下床撿上來。床沿欄杆為多功能曬衣桿，在床上看書聽音樂，門口有人外找，撥開幾層衣服探出頭來，不足為奇，房間裡永遠都有將乾未乾的洗衣精味。最要命的是門禁，十二點大門一扣，只有選擇按鈴叫醒兇巴巴舍監，簽名蓋印，讓遠方的父母收到一張貴子弟遲歸的通知單，或者流落街頭。

大我們幾屆的學長A與W，在對岸永和租了房子，文化路巷子裡的頂樓加蓋，成為一堆半夜不回宿舍的孤魂野鬼的收容所。常常學長領了家教費，在冒著白煙的米粉湯攤子，精準切出一盤盤嘴邊肉、油豆腐、大腸粉腸肝連，佐很多很多啤酒，打屁嬉鬧，直到凌晨。

有次音量過大，鄰居報警，警察站在樓下按電鈴，結果，頂樓加蓋哪有電鈴，警察大概選了最高樓層那顆按下去，毫不留情的一長聲，換來睡眼惺忪的阿桑往窗外喊：不是阮啦！是樓頂的學生仔啦！我們憋笑憋到快得內傷。

在永和，作為一群無賴是這麼快樂。

終於我也有了外宿權，升大四的暑假，與社團同學合租得和路上的四樓公寓。這時，我已經不怎麼虛弱了，板橋土城三重等多處家教，練就了機車本領，搬家，就用機車一趟一趟載。

那個暑假，台北市開始實施垃圾隨袋徵收，聽說很多台北市民會在半夜，把家裡垃圾運到對岸去丟，遂多增一臨檢項目，驗垃圾。偏偏我的搬家利器就是大黑垃圾袋，有次在永福橋正中央被警察硬生生攔下，垃圾袋被打開來檢查，裡面有一床冬被、衣架、電腦磁片、鍵盤滑鼠，花花綠綠看起來的確也很像垃圾。

安家落戶完畢，樓下一邊是六合市場，另一邊是全國最多小學生的小學，清晨兩大陣營噪音轟炸，不受其擾，還浪漫想著，好有永和味啊。

這時，對家的稱謂，越來越曖昧。接電話被問在哪，回答我在宿舍，對方會說，你不是搬出來了嗎？如果回答，我在家，對方會問：你回彰化了喔？

後來，乾脆一律說，我在永和。

A與W，後來一個要去美國，一個要去英國。我們在橋下的河濱公園幫他們送行，用歌、酒與花火。喝到半醉，點仙女棒玩起三個願望，我說，我要永遠自由。馬上被打槍，你也太貪心了你。

我那時想，很快，有一天，四坪分租雅房中的書櫃、書桌、床、衣服、書，都會被壓縮成一只箱子，我會像A與W一樣，從這個小市鎮飛出去。

結果，我只是在這個小市鎮裡，把家當從十個箱子，變成二十個箱子，三十個箱子，成為一個人要用十二個杯子八組床單六雙室內拖鞋那種女生。並且，帶著這些箱子，從福和橋邊，搬到永福橋邊，再搬到中正橋邊。

永福橋邊的永和市公所商圈住最久，住過永貞路巷子和福和路上老公寓。那時編劇朋友也搬來永和，與我住得近。近的程度我想是每次颱風過後，我聽到社區廣播聲傳來「永福里辦公室報告停在橋上的車子請開走」時，他應該也都聽得到。

他住在中興街巷子裡的頂樓加蓋，因為搬來時很窮，家徒四壁，幸而一壁塗成地中海藍，添了一點文藝青年氣息。等到不那麼窮的時候，我們經常去吃竹林路小火鍋。

後來社會學研究生朋友也搬到環河東路，在南京東路住好幾年的他，還不熟悉左岸的光影，天天拿相機測著堤岸的天光。他的心得是，永和連誠品都有永和味。

我們這些永和租屋族，唯一會認識的永和人都是我們的房東，與房東們交涉，鍛鍊我們在社會打滾的本領，見識社會人心險惡。第一類房東大多是奉公守法的公務員，或是經濟起飛年代舉家北上的中南部人，經過半生勞碌終於有了第二戶有電梯和管理員的房子，就把舊房子出租，這是最單純的房東。另一類則是不知何處殺出的勢力財棍，簽約時笑臉盈盈，之後漏水不修，約滿時押金東扣西扣，打死不退，或者突然要賣房子，請我們提早搬家。

在永和每隔半年到一年搬一次家，看紅紙招租看板竟成了習慣，就算沒有找房子的迫切，竹林路網溪國小前、永貞路美麗華戲院對面、保生路太平洋百貨斜對面的看板，走過路過總不會錯過，以備不時之需。

住在永和的五、六年裡，我只有少數的時間在通勤上班，大部分時間，就在永和亂走一通，永和巷弄如迷宮，走都走不完，走路時，抬頭看看哪家貼租，竟也成習慣。

常看到哪家陽台擺滿漂流木裝飾，在心裡喊，哇藝術家。看到哪家整面玻璃窗外推，麻紗窗簾若隱若現，哇豪宅。看破破爛爛一排眷村式二樓公寓，哇好有fu。

交雜錯亂，拼貼無序的永和，造就出我抬頭轉頭隨處可哇的本事。

在永和住久的人，方向感也會變得特別好，一旦分得清楚永和的中和路，中和的永和路，永和的中山路與中正路，中和的中山路與中正路，在這世界上，大概就不怕迷路了。

我在永和住的最後一站是環河西路社區大樓的十七樓，搬來遷去，終於住到所謂河岸第一排，但陽台的view，並不正對新店溪，而是朝內，正對永和全景。即，密密麻麻挨挨擠擠的四、五樓公寓，家家戶戶頂著紅色藍色鐵皮屋頂，清晨巷弄裡有傳統早餐店傳出的豆漿燒餅味，半夜平價快炒海產攤有被扛出來上救護車的兄弟。永和味。

然後，我又要搬家了。這次不一樣的是，要搬出永和。

前面幾次搬家，因為沒錢，路程又近，可靠好用的搬家工，都是妹妹、學姊、學妹的男朋友。如果是自己交往很久的男朋友，大概會為了冰箱裡稀爛的一塊豆腐乳要不要丟而吵架，而交往不久的男朋友會發現媽呀原來你這麼邋遢，兩者都會引發分手，且會拖累搬家進度。所以，別人的男朋友用不完，搬完家，請吃飯喝酒，也算新居誌慶。

但不知道是不是我帶衰，幫我搬過家的這些男朋友們，都紛紛與他們的女朋友們分手了。新男朋友們上任前大概沒有交接到「每半年到一年不等幫衰小劉梓潔搬家」這項任務，於是，專業搬家工大龍和小龍就出現在我面前了。

他們兩個都屬龍，阿美族的大龍三十歲，泰雅族的小龍十八歲。自我介紹之後，大龍環顧屋子，然後對我說，姊姊，這些一車真的裝不下好不好？

最後，好心的大龍小龍，幫我載了兩趟，不加錢。我的家當是兩車三噸半卡車。送走他們，不自覺地哼起，送A與W出國的那年夏天，我們在橋下唱的歌，陳昇的〈一百萬〉：「外頭生活若未快活，就要趕緊、趕緊轉來咯。」

宅女及其所創造的

1.俗辣

你是個宅女，這是命。

跟我說這句話的朋友是個宅男。他用MSN把這句神諭丟給我。我們稍早一點的對話是，他打上，今天只說了一句話：「一個鍋燒麵。」我回他，我今天自己煮麵所以一句話都沒說。

是的。宅女自己煮麵並直接用單柄小鍋子吃麵，因為反正一個人吃，沒必要多洗一個碗。宅女喜歡看大潤發和家樂福的DM，會花一小時坐兩段公車去IKEA，買一塊砧板，再花一小時坐兩段公車回家。宅女一個人看電影，進場前會祈禱兩邊座位不要坐人。

宅女最好的朋友叫宅配。

她們是牛爾愛美網和博客來網路書店的忠實買家，不過你以為她們就不出門嗎？宅女花在離家最近的屈臣氏、康是美和頂好超市的時間可能比家庭主婦還長，很清楚樓下的全家便利商店什麼飲料第二罐六折。

宅女就算偶爾去酒吧的Lady's night也會變成幫姊妹們顧包包自己跟自己默默乾掉一杯又一杯調酒的那個人。

宅女喜歡貓，一次養兩隻，因為牠們會自己玩。宅女的習癖莫衷一是，因人而異，唯一的共同點是，她們不怕孤獨，喜歡一個人生活。

我發現自己的宅癖，是住在六人一室的大學女生宿舍時。有次睡過頭，五個室友都上課去了，我還在房間裡東摸西摸，穿著一件小熊睡褲——寬鬆的褲頭、柔軟的觸感、還帶著被窩的餘溫——我就是不想脫下它。那天，我決定蹺課。因為不肯放棄一人獨據房間、而且無消梳妝更衣的機會。那天做了什麼，已經忘了，但反正絕不是修電器或打電玩。

宅，不過是一種癖，一種癮，一種你守著它便會覺得心安的嗜好。宅女沒有社會適應不良，不是冷漠退縮，沒有社交障礙，你可以說她比較悶騷，比較慢熱。我另一個朋友聽我說，宅性發作時，我連跟鄰居同乘電梯，都拜託謝謝最好不要。

他回答，那不過就是俗辣嘛。

其實，我完全同意。

2.鯊魚夾

鯊魚夾，顧名思義，是一種有著兩排如鯊魚銳齒般的女性髮飾，使用方法為張開夾子的大嘴，對準收攏好的頭髮，放手，便覺耳頸肩背一陣涼風吹拂，神清氣爽。網路曾流傳一篇文章，寫著男人對老婆頭頂經年夾著鯊魚夾感到不耐，在此我要主張，對女人而言，擁有一支堅固耐用的鯊魚夾，可收身心安頓之效。

想想，每天早上醒來（臉上可能有愚蠢的淚痕），挽起披散亂髮，夾上鯊魚夾，一切衰頹糜爛便煙消雲散；加班夜歸，踢掉鞋子，開罐啤酒，將鯊魚夾往腦後一夾，那鮮豔招搖又增添幾分快意豪氣。原來，撐托住你的生活的，非多情多金的男人，而是那支對你不離不棄，始終盡忠職守張嘴緊咬住髮根的鯊魚夾。

為什麼是鯊魚夾，而不是其他髮夾髮圈髮帶呢？首先，鯊魚夾通常色澤明亮體積龐大，所以即使睡眼惺忪心慌意亂，都很難找不到；其次，鯊魚夾能屈能伸，無論薄直離子燙或蓬鬆大鬈髮，一支搞定；並且，鯊魚夾多為塑膠材質因此不畏風雨，洗澡必備。然而，這番便利實惠，卻非閨中密友不能分享。因為鯊魚夾、小花浴帽，就跟小熊睡褲一樣，都屬家居良品，不須跟普通朋友討論到哪裡買鯊魚夾，就像不會討論到哪裡買衛生紙一樣。

我家的浴室，便長年擺著我的鯊魚夾，它的好朋友是小花浴帽，都是我從市場的「每樣十元」買來的。這個「每樣十元」攤，是個神奇的地方，它專賣小姐太太用的美髮用品。健康按摩梳、蕾絲大朵假花長夾、成穗亮片的髮束、一整包小黑髮夾，以及各種大小顏色的鯊魚夾，都是十塊錢。攤位上，一塊Ａ４大小的牛皮色瓦楞紙板，寫著：「真的每樣十元，不要再問了。」老闆娘腰圍霹靂包，頭上跟衣服上夾滿紅黃綠等色的鯊魚夾，太太小姐們挽著一把蔥一條魚，就在窄小的攤位上挑選起來。第一次面對這琳瑯滿目時，我拿起一個鯊魚夾，下意識問：「有沒有黑的？」老闆娘爽快答曰：「小姐！人生已經是黑白的，不要再什麼都要黑的了啦！」這警世名言，讓我決定投入花花綠綠的採購行列。

如果不用鯊魚夾，下場會如何呢？有位出門睫毛必捲翹、高跟鞋必尖窄的女性朋友，終於成功把一名西裝褲必筆挺、髮雕必全天保濕的型男帶回家，她進門後的第一件事，是衝進浴室把鯊魚夾往窗外一丟，待她滿心歡喜淋浴時，只好把套在漱口杯上的橡皮筋（服了她大小姐有這種習慣）充當鯊魚夾，用完順手晾在掛鉤上。於是，當型男呆瞪著上面還纏著一根棕髮的土黃色橡皮筋，靜靜滴淌著水珠時，門外的那傻大姊，心裡亦滴淌著血。

我不禁為鯊魚夾感到欣慰，原來還有比它更被覺得可恥的東西，叫做土黃色橡皮筋，也不禁向男性朋友們呼籲：請愛護你的情人，及她的鯊魚夾。

3. 烤肉夾

請按鈕取票。

有一陣子，我非常害怕聽到這五個字。它會從冰冷的停車場入口取票機裡傳出來，直至柵欄升起。剛拿到駕照時，我無論如何都按不到鈕，取不到票。有時搖下車窗，伸出半個身體，側邊伸展到極限，勉強到手。有時上述努力只是做白工，仍得開車門，下車取得，再上車。如此過程，都不算可恥。可恥的是，後面來車會一直按喇叭兼看笑話。

我想到，可以在車上隨時準備一支烤肉夾呀。想像，一台等著被看衰的新手駕駛車，伸出一支烤肉夾，按鈕，取票，輕鬆過了閘門。如此妙招，簡直可以請生活智慧王或美鳳有約來採訪了。

結果，就在我開車要去大潤發買烤肉夾的那天，我竟可以分毫不差地，接近那台機器了。

這支無緣的烤肉夾教會我一件事。那就是，世上真的有勤能補拙這回事，不必天天想著出奇制勝。

貓咪日記

1.

威士忌來時一直喵不停。

日也喵，夜也喵。計有：喵、喵嗚、嗚、喵伊嗚、喵伊嗚嗚嗚等長短不等。三個半月不是發情吧，聲音也不可怕，只是叫不停。

我四點起來一次、九點起來一次，真的像新手媽媽顧嬰兒。是肚子餓嗎？餵他都不吃，罐頭擺著，我人要走開，多看一眼就喵伊嗚，但也吃兩口就不吃了。是，尿布濕了嗎？他都有用貓砂。是找人玩嗎？我一輕聲接近，他縮得跟老鼠一樣。

我怎麼辦？

我跟著喵。

我喵的時候他故意不回，聽我放棄走掉了，就開始喵。或是我故意不喵，躡手躡腳蹲過去，就看到他屏氣凝神的緊張樣。

現在他安家落戶的地點是ＤＶＤ播放機後方，那個小小的，充滿各色線路的角落。我為他鋪好的小床，是一個真心換絕情。

第一夜，我在喵嗚喵嗚聲睡著時一直祈禱著，奇蹟發生吧奇蹟發生吧，明天早上醒來他睡在我旁邊。

當然沒有發生。

網路文章說得好，要這些當過流浪貓的大俠俠女們，變成為了兩粒貓餅乾就把肚子都翻過來給人摸的家貓，是太勉強他們了。

所以養貓前兩天，我完全感受不到，這屋子裡有另一個生命與我共存。因為看不到、摸不到。不過，至少，喵得到。

某些程度我想我和威士忌是一樣緊張的。原來屋內不只多了一個人會不自在，連貓都是。當我煮咖啡、熱湯、上網、看書，總覺得有某種怪異的感覺在心底搔，挺不舒服。可能是自己為自己找來的羈絆與牽掛，光潔的地板多了一座貓砂屋、一盆飼料、一盆水，一隻叫起來讓我神經緊張的貓。

我還是想把這些克服過去，如果最終徹底失敗，再斷定自己欠缺天賦，不再養任何小動物。

幾天之後，威士忌找到他最自在的地方了，就是電腦主機上方，他還會從鍵盤架的縫隙鑽出來，在我對面跟我一起打鍵盤。滑鼠線的擺盪也很能取悅他，他喜歡抓我外套垂著的拉鍊頭，鑽睡褲的寬褲管，鑽我的腳與拖鞋的空隙，用鼻子頂我的手。

以上，聽起來很完美吧。唯幹，他在做這些動作的時候都是不停高分貝的張開嘴大叫。最後，什麼也不玩了，在距離磁磚一格的位置，明顯針對我，喵嗚大叫。手過去也不頂了，甩甩頭用鼻子哼我，背過身去狂叫。

這是凌晨三點半。我又累又睏，他意氣風發。

於是，我把貓砂屋、食物、水搬進書房，然後像地震逃難一樣帶著一杯真的威士忌、手機、新鞋逃進臥房，把書房讓給他（我懷疑真的逃難我也是帶著這三樣東西）。當下決定，這是最後一晚了，分房睡各自想清楚，待天明咱倆好聚好散。

結果，這一夜，不知道威士忌也在認真思考去留。還是剛剛叫累了，竟然一夜安靜無聲。我竟也睡不著了，捲著被子起來，貼門板聽，果真一點動靜都沒有。我縮回床上，從腳底的寒涼感到氣溫正一點點一點點在下降，難道是自己推開窗戶，跳下去了？喝完威士忌，眼睛熱熱的。不知不覺累到睡著。

早上起來，躡步輕聲開門，威士忌發出一聲嗚。原來他一直都在主機上方，趴在數據機上，怯怯喵一聲，好令人心軟。趴過去和他講個沒停：你好乖喔你昨天都沒叫耶。小威貓最可愛啦。威寶貝是馬迷的小天使耶。

我還在陶醉，威士忌忽往外一撲，直奔客廳中央地毯，惡魔叫聲再度鋪天蓋地。

沒轍了。

打電話去他的娘家——流浪動物中途之家求救。愛心媽媽說，他本來的青梅竹馬，一隻玳瑁（介於咖啡與黑）母貓，也哭了好幾天。

我去帶威士忌的時候，兩隻小貓抱在一起睡覺、互舔，一片安詳。他們差不多時候一起被撿到，看不出是不是同一窩，但是姊姊跟弟弟，感情很好。沒想到被迫分開之後各自成為小惡魔，唉，家庭破碎對子女性格影響之大。

愛心媽媽問，你想把這隻也接回去嗎？

我心底有一塊東西卡卡的，威士忌的叫聲彷彿在另一時空。

我可不可以把這隻送回去？我以為我會這樣說。

可是沒有。好。

我說好。

嗯，我回想那隻咖啡色與黑色夾雜的小母貓，眼前浮現一杯咖啡酒Kahlua。好，就叫卡魯娃。小名娃娃。適合女生。

愛心媽媽說，這隻會比較溫和。

我說，我知道。卡魯娃比較溫和，我知道。

兩隻貓團圓，一個人兩隻貓的生活開始了。養育問題安妥，現在邁進第二階段：教育問題。

兩貓隨著越來越熟悉環境，體格越來越壯碩，破壞力也越來越強。跳上跳下衝撞毫不眨眼，彼此敬畏的熱身期也結束，三方的考驗再度形成。

威士忌會把小盆栽裡的黃金葛連根拔起，拖著跑，早上起來地板上全是土。好，從今天起，家裡不再擺盆栽。卡魯娃會去偷梳妝台的棉花棒，一不小心，全部散落在地上。好，馬迷會把棉花棒收進抽屜。

終於知道有很多事情，不是丟掉、送走、分手、不再聯絡，就可以解決的。有了牽掛，一切就輸了。

2.

小寶貝，有一天你是不是會想起來，馬麻帶你去把蛋蛋喀嚓那天，是個雨天。

在一場雨和另一場雨之間，馬麻提著籠子走上斜坡，一路你一直喵不停。到動物醫院時，有一隻因為剃毛而染上皮膚病的醜陋的金吉拉，臉如被輪子輾過一般扁平，而且很兇，醫生為了擺平他和他有點囉唆的主人，我們一起在長椅上坐了很久。

馬麻從籠子的縫隙跟你說悄悄話：「那隻貓好醜喔！」你也悄悄喵，有一點點沙啞，像你愛睡覺時的喵。

終於輪到你了，連醫師都讚嘆連連，你真是太善體人意的小貓，打上麻藥只是無辜地看著馬麻，輕嗚一聲。失去知覺，醫師把你抱到手術台上，你四肢軟趴趴，醫師用繩子固定你的手手腳腳，幫你把嘴撐開，把舌頭拉出來。馬麻很沒知識問說，是怕被去勢羞憤之際咬舌自盡嗎？醫師說，是怕舌頭塞住咽喉，不能呼吸。

看你四腳朝天露出雪白肚子，半翻白眼，吐舌，蛋蛋周圍的毛被剃掉，我已經有點受不了，越站越遠。

醫師拿出刀剪，問馬麻：「你敢看嗎？不敢看的話就外面坐一下喔。」馬麻吸了一口氣，點頭。看你蛋蛋被切開，擠出兩粒，嗯，睪丸，馬麻依稀聽到噗嘰兩聲。縫線。醫師說你睡得很沉，恐怕醒得不快。結果一下子你就開始划水，醫師說這是退麻藥的過程。你手腳揮舞著，卻仍然沒力，你盡力地想清醒，想抬起頭又倒下，你成功抬起頭的第一個動作是和馬麻鼻子頂鼻子，然後便無力地把頭掛在馬麻肩膀上。醫師說我們可以回家了。

回家後，你被隔離在書房，如醫師所說，你會跑去躲起來。你躲在每次有客人來你必躲的電腦主機後面，眼睛瞪得大。馬麻出門辦事，回家，你還在同一個地方。我抱你出來，結果卡魯娃姊姊不認得你的味道了，一直對你哈氣。你仍憨憨地過去，娃娃伸出爪子，我才把你們又隔離。

你在門縫喵喵叫我不忍心，開門，娃娃又一陣哈氣揮爪，你仍繞著她轉，直到我把你抱進來，你露出「她為什麼不跟我玩」的無辜表情，天啊你真是善良純真的小貓。現在你在馬麻腿上睡著了。忘記白天挨的刀，忘記被娃娃哈氣，甜甜地睡了。

就像每次你跳上吧檯咬走馬麻飲料盒上的吸管、跳上流理台偷走水槽裡的筷子，被我教訓完三分鐘馬上小跑步過來用鼻子來頂手肘、撒嬌喵喵叫求饒，那般，如沈從文筆下的翠翠：不發愁，不動氣，從不想到殘忍事情。

3.

你真的會記得今天發生的事嗎？沒關係，那就讓我幫你寫下來。

我馬迷貪圖逸樂，出國十多天不回來。這段期間台北爆熱，對面的貓啊狗啊叫個不停，使得我姊卡魯娃一夜長大。

我馬迷真是太粗神經了，以為先把我閹掉就能永除後患。雖然我年紀小小時就被閹了，但我還是能瞭解那種感覺的，我姊算是很含蓄的那種，只低低的嗯嗯嗯，然後在地上蠕動爬行。

昨天我媽終於知道事態嚴重，今天一早就拚命打電話到幾間獸醫院，幫我喀嚓那個醫師伯伯沒開，其他不是太遠就太貴。我媽只好一直哀求我姊娃娃說，乖喔乖喔再忍忍喔，我姊真是很乖耶，我看她憋得很痛苦，不像我無思無慮。

到傍晚的時候，我媽去煮飯了，我看見我姊跪了下來，屁股翹高，我也不知道我為什麼就騎了上去，我明明應該不知道這種事的啊?!我媽出來看到快要崩潰了，罵我壞蛋大色鬼！我只好像一個無辜的強暴未遂現行犯趴到牆角。我媽安撫好我姊，還要來安撫我，怕我心靈受創，我媽說她想開罐頭給我們，以轉移注意力，可是又怕我們飽暖思淫慾。

她說，人做得出來的，貓都做得到。我真是滿欣賞她這點透澈的。

所以啊，整個晚上啊，我媽看ＤＶＤ時都一邊監視我們有沒有做壞事。不過這種事實在是非常渾然天成的，只要我姊趴在地上滾一滾，就會想把屁股翹起來，我就會想騎上去，我媽就會跺腳，罵我壞蛋大色鬼。這樣一個晚上不下三四五六次。

最好笑的是她看我一直睡，以為我是故意要睡飽，晚上可以幹壞事，所以我一睡，她就來吵我。唉唷我本來就很愛睡嘛。

當女生真是太慘了，我姊明天還要被劃一刀，而且我姊麻醉昏迷時我媽一定很無聊的剪她指甲。我媽說她雖然性觀念開放，但是亂倫是打死不能接受的。希望今晚我和我姊能平安無事才好。

然後明天要叫我媽問醫生，為什麼我還是會騎上去呢？以及，我騎上去之後真的能幫到我姊嗎？我真的很想知道。

4.

先是當了兩天防止姊弟亂倫糾察隊，又當了三天看護兼保姆。看的是卡魯娃，保的是威士忌。

娃娃結紮回來後，兩貓得隔離。先把娃娃帶進我房，但警覺機靈至神經質如她，一開門，便衝。所以只好變成帶威威進來。威威用臨時馬桶與便當盒，第一天頗自樂，第二天便撞門如擊鼓。

好苦惱想是不是要去買個鐵籠，但是關誰呢？關威士忌嗎？

這時發現娃娃非常自甘於廚房。所以再次搬家，威威出來，娃娃進去廚房。

娃娃非常好顧，吃藥配合，也有食慾。只要每天傍晚，屈膝彎身陪這位剛拿掉子宮與卵巢的少婦繞客廳散步一周。

麻煩的，仍舊是威威。他自從娃娃住進廚房低等病房後，便自己開始演起獨生子一角，時而嬌縱至死皮賴臉，唯一一招便是狂叫。時而自嘆自憐，提醒我他好可憐沒有兄弟姊妹與玩伴。

與威士忌同床頗慘，總得忍受他繞體三十周，在床上蹦跳五十下，硬是伸爪進衣櫥未能完全緊合的門縫，硬是要鉤出一條毛線（當然是毛衣上的）才過癮。累到睡著，半夜才能隱約感受到他已甘於縮成一團保暖的肥軟毛球，在我腳邊酣睡。

而兩貓偶一相逢，便是哈氣伸爪低吼。不知是之前求歡未成惱羞成怒，或是兩日不見手足不認，我便得隔在兩貓中間，又衛又勸，每天都在換馬桶、換便當盒、鋪床鋪被，這邊顧，那邊惜，皆是隨伺在旁，一步不敢離，致使稿子大大延誤，編輯大人來電，便稱在當貓奴。唉，唯小人小貓難養也。

貓咪搬家記

面對貓咪，或者說任何與我親密切身的生命，我都自動縮成一個遜咖，甚至，連遜咖都不足形容。

搬家那天，兩貓依慣例躲到排油煙機上面，全部搬清了，貓砂貓飼料也都上車了。

剩下貓。

搬家師傅好心說幫我硬抓下來，威威不服，發出哀嚎，我就不行了，打發他們說，沒關係沒關係，我晚上自己再來抓。（敷衍，是的，敷衍。）

晚上，新家一室狼藉，我開車回舊家，先買了新的貓砂屋，想說我住新家也該給他們換新廁所。開門，顯然威貓已經想娘想得急，籠子一開，自己乖乖地鑽進去。卡魯娃天蠍女總要安撫諂媚，半包鱈魚香絲誘拐，終於抓到，沒抓牢，她兩三下掙脫，又逃回去安全的排油煙機上方。

第二次，重新來過，我恢復成真的只是要餵妳吃香香的馬迷，娃娃接近，再抓，咬牙，心一橫，裝進籠子，關門。結果娃娃開始奮力撞擊、翻滾，凹唔凹唔大叫，爪子亂揮，我一邊嘴上安撫，一邊收拾東西，結果，娃娃竟把籠子門撞開了。

遁逃成功，躲回原本位置之後，還嗚嗚地哭，一副妳為什麼要這樣對我的樣子。唉，世間母女的相互折磨，豈是妳兩歲的小母貓能想像。

我只好，繼續，蹲下來，無力地，晃著兩條鱈魚香絲，期待有第三次機會。時間過去了，母子三人都打瞌睡了，看來無望。只好趁著寵物店打烊前，飛車再買貓糧，幫他們加滿，自己回新家睡覺。

這是第一次起義失敗。

之後的兩三天，起義第二、三次。都一樣失敗。而卡魯娃顯然學到了「一件事情沒把你打敗，就會把你訓練得更堅強」的真諦，一次比一次難抓。我知道要有長期抗戰的準備，反正租約還沒到期，慢慢來。（牽拖，是的，牽拖。）

接著，我開始到新單位上班，我很慶幸舊家是在新家跟辦公室中間。上班前我會先回去餵餵他們，清清貓砂。

每次開門，威威總很配合地，發出：媽麻馬麻媽。五個音節，非常孝順。我想，這樣好像也不錯呴，可是月中租約到期怎麼辦，管他的，到時再說。（逃避，是的，逃避。）

終於來到那一天，貓咪的外婆阿姨，也就是我的媽媽妹妹，正好上來玩，順便幫我抓貓，而外婆老早對貓毛及我的鼻子過敏有意見，上來前說服我，就把貓咪帶回鄉下吧，他們空間大，也會比較快樂。話說將近一年前，我到上海工作的時候，兩隻貓就真的寄住在鄉下外婆家，但是我回來，就求哥哥妹妹帶他們上來，據說當時一抓一搬一載，每個動作，都很艱難，而我逃掉了，只在台北晃著鱈魚香絲等他們。

這一次，我被說服了，跟媽說好。（搖擺，是的，搖擺。）

我跟她們說，很難抓，真的。媽說，唉唷，三個大人抓兩隻貓仔，還怕抓不到嗎？我很謙虛地想，拜託，不要把我當一個人用啊，我是一個廢人。

堅強的牡羊座的外婆阿姨就定位，不等懦弱的馬迷用香香慢慢循循善誘，外婆架了椅子，就拎起卡魯娃了，馬的，怎麼這麼容易。

但是娃娃開始反抗，又撞又扭又大叫，旁邊有個遜掉的馬迷，開始歇斯底里叫：不要抓了啦！不要抓了啦！聲淚俱下。

強壯的外婆白眼斥責：你那這沒路用！另一場母女折磨開始，娃娃趁機脫逃，最艱難的一戰開始了。

最後是，一樣是牡羊座的堅強阿姨，開著車，在週日的黃昏的永和，沿街拜訪，看有沒有哪一家獸醫院，週日有開，而且醫生願意出診，願意為要搬家的小貓打麻醉針。在這段時間，外婆與馬迷已經完全無力，馬迷只能很任性地噘嘴說：「等一下抓到，我要帶他們去新家！」瓊瑤式母女親情倫理大悲劇上演，停格在，女很大聲地跟母說：「你不要那麼大聲好不好，嚇到我的小貓！」

獸醫來了，不免粗魯，馬迷又氣急敗壞，你不要那樣啦他們很乖你不要那樣抓！終於，兩貓陷入有生以來，第二次昏迷，上一次是結紮。搬個家竟然要挨針受罪挨驚受怕，我對自己的無力感到非常自責。

看到貓咪又跌跌撞撞，軟腳虛脫，眼睛張大，舌頭吐出來，我真想捲起袖子跟獸醫說，拜託，也給我一針。後來我妹才說，獸醫頗有微詞地跟她說：「我看你姊情緒那樣，貓咪有什麼要注意的，我還是交代你好了。」我跟我妹說，我還以為獸醫要說：「我看你姊情緒那樣，真想也給她一針。」

一個人，兩隻貓，都搞不定。

抱著貓咪，上車，往新家移動。貓咪清醒之後，還要面對他們不適應新家，見人要哈氣，見貓要哈氣，見新家具也要哈氣，偶爾還會用尿失禁來報復一下的適應期。

像我這麼沒路用的人，就會希望有很多懶人包和萬靈丹可以用，會躲到一些莫名其妙的東西背後，多出一些莫名其妙的信仰，有些人是菸、酒、咖啡和辣椒。

我現在又多出一樣，我信仰鱈魚香絲。

上班族日記選

1.

上班，一個月了。

首先是，發現把自己夾在幾片厚重密實的高級材質木板之中，原來是某一種安定。

木板上最先有一條專屬的電話線，一支專屬分機，一台頗破舊的電腦聽說很快就會更新。然後，第三天左手邊長出一個杯子一根瓢，第五天左邊第一個抽屜生出幾包常抽的菸，第七天桌底腳邊長出一雙新的室內拖鞋，第十四天再長出常用辣椒醬一罐，加班的第三夜長出一個買兩包菸送的小菸灰缸。今天終於又帶了第二只杯，比較大的可以泡茶喝比較久，不用一直去加水。

剛好屆一月。

再來是，以前我對走同一路線連續三天就會厭煩。現在反而極為習慣通車時光，每天要坐四段那麼長的捷運日復一日。因為沒有別的方法。

對，沒有別的選擇的時候你就會知道什麼叫習慣。

同一社區裡有一植村秀小姐眼影喜歡塗成雙色稜格，約是在東區百貨公司上班，有時上班與她搭同一班接駁車，下班她在忠孝復興上車，又遇見。她好厲害眼影一點都沒掉，我的眼皮也如出門時一樣沉重，不過中間的確曾炯炯有神衝鋒陷陣精神煥發多回吧，我想。

一天有時做好多事，以為是一年。坐上返途的列車，覺得一年兩年已過，我還在這裡，真是不負主管期望，眼皮照樣沉重，然後會看見不再聯絡的前男友與他的情人坐在對面逗玩他們的小孩。

如果他也恰巧看見我，大概會問我：你快樂了嗎？

是時間差。還有空間差。

我會熟悉各種提醒靠右站立緊握扶手左側旅客慢速通行的廣播聲，不用思考不用看標示牌地，上下各條長短不一的手扶梯，有時恍神被很大聲說借過。然後來到另一個候車月台，還沒有分手的前男友在等我，他手捲一份週日的報紙上面有我的名字（並還不很常出現），不漂亮的牙齒笑得牙齦都露出來，我依舊恍神，因為我們將搭上月台兩側不同方向的列車，各自回家。

車來了，一班，又一班。我們依舊偎著蹲在比較偏僻的牆邊，他唸著我的文章很大聲，車門伊嗚伊嗚關上，人都走光。人又來了，站滿月台前警戒線和黃色三角標誌後方。車又來了，他笑得好開，問我：你快樂了嗎？我咯咯笑，搖頭。

他說，那我們就再等下一班。

2.

我終於為「上班」找到最好的釋義，叫做「賣時間」。

就像種田的農人米太多自己吃不完，所以賣米一樣，時間太多自己用不完的人，只好賣掉。這個動作就叫「工作」、「上班」、「打卡」。不知如何用時間的人，也可以把時間賣掉，上下班打卡規範與紀錄會讓你免於時間流失的焦慮慌張，每月彌封放於桌上的薪資條，更是鉅細靡遺的交易明細。

把時間都轉換成帳戶裡頭的數字（通常並不很多），並不意味已經從時間中脫逃，我們仍然時時刻刻分分秒秒（例如這八個字都是時間單位）討論時間。我們規劃工作完成的時間，預定工作之後玩樂的時間，甚至，我們以「時間」發明下注的題目：某某同事幾時幾分會出現在辦公室呢？

大家各自說出了一個時分。接下來便在時間中等待、製造緊張、預測、打屁。很快地，我下注的時間變成實際的時間，悄悄過去，成為最輸家。賭本注定得掏出，攤攤手索性站起身。那一瞬間，這位被下注的同事就正好出現在門口。我如看到老鼠般尖叫，感覺同事不是從大門走進來，而是從某時某分某秒裡走出來。辦公室也不再是凌亂堆放著電腦與書的空間，而是一座年邁失修的大鐘，鐘面分針秒針如中風老人抖著手腳，久久不前，同仁的座位如3、9、6、12數字坐落各角，我們在此賣出我們的時間，給時間予大鐘，並繞著大鐘悶轉。

周而復始，賣時間予時間。

3.

離職前兩日拔了智齒。

橫長，早該拔的，卻拖到插入肉裡，牙齦腫痛才拔。過程為：麻醉，切開齒肉，用鐵鎚擊鬆齒根（我一度以為是要把我敲昏），接著用鉗子硬扭硬拔硬抽出來。縫了兩針，止痛藥要吃五天。不能吃熱食、固體食物最好也避。

我想這個原因，或能推卻一些離職飯。不管是官方客套或民間真感情。但最後卻一一吃了，不是因為盛情難卻，只是因為我餓昏了。

官方即公司附近的日式餐館吃午餐，我太專注咀嚼一客鰻魚飯，小心飯粒掉落右側齒縫，以至於一頓飯非常安靜。就算有話，也談論著拔牙經驗。有些實在爆笑，我得托著下巴唯恐笑到撐破縫線。

最精采，還是平民之夜，食物與酒當然是重點。大家戲稱校友、延畢生、旁聽生、博士班八年級美編，祝賀我畢業。我邊吃邊喝邊幸災樂禍告誡眾同事，明天還要上班呢，少喝點。

喧喧鬧鬧，就結束了。這是離職的一部分。

另一部分是交接。

編務與行政事務便族繁不及備載（真的很繁）。

無數的加班夜累積的啤酒瓶，交接給回收桶。為吃飽久坐腹脹胃酸過多準備而編輯室經常交相傳食的金十字胃腸藥；以及為肩膀僵硬腰痠背痛準備的兩只簡易按摩器具（購於單一價日系生活用品店），交接給美編。杯子與鍋碗瓢盆帶回家，原來不過半年，生活的痕跡就如此盤根錯節在這一角座位之中。但要瓦解，也不過是一下子的事。

離職後的第一天。要面對的，竟是牙痛。

應該是昨晚不忍放過耐嚼披薩餅皮與濃郁多汁起司烤薯條的結果。而這次的經驗讓我覺悟，我原來不是什麼硬漢，只是一個怕痛又怕餓的人。

東區便利商店

他們是一群在便利商店裡走來走去，閒散的黑衣人。男女皆著黑色系廉價套裝。便利商店旁，原本是一個店面，但租了很久租不出去。正好便利商店流行在店裡擺桌椅，順勢擴充，擺上幾組像是中正橋下買來湊合著用的陽春咖啡桌椅。如果再加上幾本翻爛的八卦雜誌，就像是補習街裡會賣代煮泡麵的泡沫紅茶店了。髒亂有得比，嘈雜有得比。

黑衣人，就在這之中穿梭，以眼神會意交流，在桌上留下他們的狼藉。黏著飯粒和海苔渣的御飯糰玻璃紙，插著吸管沒完全壓扁的無糖豆漿利樂包，擠有紅紅黃黃的醬的關東煮半圓形蓋子。

黑衣人善捕獵結帳之後看起來神色惶惶的家庭主婦或青少年，邀他們到不怎麼雅的雅座，低聲碎語，不久之後，這些家庭主婦與青少年也成為黑衣人。但，無論如何，它仍是一家位於東區巷子裡的便利商店。東區代表高級，便利商店代表明亮。這兩者加起來變成安全。我始終覺得，他們像是個祕密組織，不知從哪裡竄出或派遣而來，正在密謀著什麼城市破壞計畫，選擇安全的東區便利商店作為集會據點，以廉價套裝為掩護。

當我把這駐點觀察心得，告訴深諳東區生態的朋友時，他劈頭說：「直銷的啦！」我才驚覺，原來，我居住的城市，仍是個與未來感及想像力毫無關連的二級城市。

採橘記

對我這樣從小愛玩的人，大學參加登山社，就等於插上兩隻翅膀，總有意外的出遊機會。大一下學期剛開學，春日午後，陽光大好，正意圖蹺課，果然登山社學長前來吆喝，摘橘子去吧！湊齊一男三女，兩台機車，四個登山大背包，從和平東路速速上了外雙溪，再拐進內雙溪，停好車，沿坪頂古圳走上學長說的野生柑橘園。

橘子樹結實纍纍，地上散落熟爛橘子，周圍也無柵欄，我們判斷應真是野生，便如入無人之境，開心地摘起來，四個人像四隻猴子，爬上爬下，盪過來晃過去，單純又滿足。我們採得背包滿滿，背在肩上，毫不覺得重，步履輕鬆，想著回去分送給同學室友，高興得都要哼起歌了。

下山途中，一老農夫迎面而來，警戒的目光掃過我們，厲聲問：「你們去給我偷摘柑仔喔?!」押著我們重回果園視察，當然，樹上的橘子都在我們的背包裡了。老農驚聲大叫：「夭壽喔！給我採光光！」要我們跟他回家去。我們急著解釋，以為是野生的，老農盛氣凌人：「整理得那麼好，看也知道是有人的！」涉世未深，兼以人贓俱獲，我們只好跟著老農回家。

抵家門，老農朝內大喊：「卡電話叫警察！」這一喊，群狗狂吠應和，還喊來了左鄰右舍，這時已近天黑，本該炊煙裊裊，婆婆媽媽們放下鍋鏟，湊熱鬧來看賊仔，我們四個新科賊仔，瑟縮站在遠離市塵的農家院落裡，百口莫辯，領受一聲接一聲的夭壽。

不一會，亮著紅燈，響著鳴笛的警車從山腰蜿蜒而上。警察拷問四個手足無措的賊仔：「還在念書喔？學生證拿出來！」我們的頭越垂越低，各自翻找。接過四張鐵錚錚的國立台灣師範大學學生證，警察大概自己都覺得好笑，便安撫老農，看一斤開多少錢，當作賣給這些囝仔啦！

老農心有不甘拿出秤子，我們唯唯諾諾倒出橘子，分多次秤，很好，我們一共採了一百斤。老農夫開一斤三十塊錢，傻愣如我們，當然不知米糧果菜行情，只好照單全收。只是，四個窮學生，口袋翻遍也湊不出三千塊錢，只好協議，學長走回登山口，騎車下山去領錢，把三個女生與一百斤橘子押在這裡。

看學長身手矯健地衝下山去，三姑六婆們又開始議論：「腳手這麼緊，一定是慣竊！」「對啊，連女生都能背這麼重，一定有組織在訓練！」三名師大女終於瀕臨受辱極限，聯手成為「小三姑」，連珠砲回擊：「我們是登山社的啦！」「對啊！我學長是體育系的耶！」

回到學校，辦了一場橘子社聚，讓社員們吃到飽之後，再情義認購。大家一邊吃橘子，一邊虧我們四個天兵，卻不是說好倒楣，而是，好浪漫喔！

的確，許多年過去，每當想起這件糗事，我總會單純又滿足地想著：那個蹺課的下午，我們採了好多好多橘子回來。

瑜伽就是你家

「你對很多事情都看不開。」瑜伽老師說，因為你的髖關節不夠開。我正張開雙腳，努力往前趴，一句鐵口直斷讓我下巴掉到地板，完成姿勢。

「你是習慣被看見『我很厲害』的人。」這是反轉三角式。老師說，你為了被看見上半身可以翻得很高，一直無意識地拉扯下半身的韌帶。老師拍拍我的大腿，說，對它好一點，也對自己好一點吧。

天啊好準喔！瑜伽是心理測驗還是塔羅牌？老師是算命師還是整骨師？我瞪大了眼睛。結果，下一句診斷又來了，力道更猛：「你的驕傲只是用來掩飾你的緊張。」老師說，你的眼睛常會往上看。不要以為這是個沒有力量的動作喔，當你眼睛往上，緊張的意識會從額頭，順著頭皮下來，壓在你的肩頸上。試試看，把眼睛看向鼻尖。我想，我再也不會覺得這動作是個鬥雞眼的傻逼了。

曾經虛無鐵齒無神論者如我，在每次結束瑜伽練習的唱誦中，都要熱淚盈眶，滿懷感謝。

瑜伽老師說，在每一次吐氣的時候，都給自己一個機會，去找到你身體裡最寬厚的部分。我想，我一直在靠瑜伽才讓我們的關係一直保持寬厚。那是你有，而我沒有的東西。

我以前習慣讓稜角露出，越利越好，自傷傷人，稱為個性，現在才漸漸知道，圓融不是鄉愿，而是慈悲。也許這一切與瑜伽無關，而是年紀。

只是，我每一次吐氣的時候，都希望給我們的關係一個機會，維持彈性，找到新的可能，我聽老師的話，去關照每一次呼吸，能量流過身體縫隙的感覺。我吸氣吐氣，希望在我們關係的縫隙中，填滿老師所說的能量。

我自以為，久而久之，就會產生出一種名為柔軟的東西。

而事實上，我填入的，不過是妄想與嗔癡。我們的關係不是我能包容與關照。

它能維持，靠的是你的寬厚與溫柔。

那個夏天，清楚意識到你與你的身體可能隨時會永遠離開我，就是那時，我走進瑜伽教室，不管自己柔軟度肌耐力如何，淨挑越挑戰越激烈的課上。前幾堂課，就要做肩立式。靠肩膀支撐身體，肩膀以下，全倒立在空中。

我當然沒法做，老師抱著我兩隻很重的腳，對全班數秒。儘管她不知道我發生什麼事，她給了我很大的支持。而那一次開始，我就學會了肩立。

到一個程度，忽然知道，那些動作，都是不堪一擊的幻覺。我只是流汗了，出力了，其實，身體都在錯的地方。

於是，我從頭來過，砍斷重練。

這時，我才知道，瑜伽好像紅利積點。上課堂數足夠時，那些原先怎麼樣無法猜透無法捉摸的姿勢，看到它就看到不可能三個字的姿勢，輕鬆地越了過去。

我相信人生的其他事情，例如人與人的關係，也是如此。

我只有不停練習，不用去想，那個小小的變化，究竟何時會發生。但是，我要永遠給它發生的機會，也給自己一個機會。

在瑜伽裡，身體騙不了人，它會誠實地抵達適合你的深淺難易。一次一次的練習，並不是去鍛鍊身體的競技能力，而是，慢慢，會找到真實的自己。若哪些部位的肌肉強化了，強壯了，也是因為那裡藏著一個勇敢的自己。我這麼相信，也這麼實踐著。

好幾次，我享受到動作停下來之後，身體還在流動的感覺。要說能量流動也好，要說是肌肉沒力皮皮剉也好，就是一種，親愛的身體，現在我跟你在一起，的感覺。

但我不知道，身體有自動記憶這件事。

有次做鴿式拉筋，我非常確定右邊髖關節的疼痛痠楚，與你有關。動作停留的時間相當長，筋漸漸鬆開時，我想著，你走吧，你走吧。離我遠一點，從我的身體消失，讓我自由。

就那麼一次。所謂通悟。

好幾天以後，走在路上，我才想起來，以前，你習慣撫摸我的右側腰。於是，我的右邊髖關節存在著你的思念與羈絆。身體記住了我以為忘記的事。

你和瑜伽，在我生命的交集，是身體。原來，我來上瑜伽課的潛在理由是如此淺薄，當我和我的身體在一起，也就好像跟你在一起。

這麼一想以後，好像，又得砍斷重練了。

而我的老師正輕聲對我說，不要急，慢慢來，路很長。

如夢之夢

一棟巨大的老式公寓大樓裡的一戶，家具老舊，地板是深青色磨石子，上面彷若有一層油，如機車行的地板。

老K哭哭啼啼帶了三個小孩，都男的，六歲、四歲、兩歲。還有兩條狗。他們和幾個行李袋，像在機場check in 櫃檯前等待被托運那樣地，挨擠堆疊著。老大果然像無數的在機場的小孩，把人趴在最大的一只行李箱上面，四肢朝上揚起，以為自己是一架飛機。

看上去深諳人情世故的菲傭，用國語說，對啦，這樣全家團圓才對啦。菲傭的兩隻手還依依不捨牽著老二、老三，有一點鼻酸地說，那我要走了哦。

我又驚又疑地看著這一切，覺得不問清楚不行。等一下！這裡面……有我的嗎？我摸著我的肚子，儘管它有些突出有些鬆弛，但我很肯定不是眼前這三個小孩之一造成的。

當然有啊！老K吸著鼻子，一副要我負責的樣子。

不可能啊！我緊壓著肚子，吸氣縮腹，不曉得是為了證明自己肚子真的很平坦，還是緊張到胃收縮。

看我眼睛瞪得比他還大，而且三分鐘都沒有眨眼。老K放棄說，好啦，沒有啦。但是我真的很希望你能跟我們一家生活在一起，我想定下來了，我覺得你也應該。

我不可能的，真的啦！我皺眉搖手。

老K也皺眉，眼眶泛淚光。我之前試了好幾個女的，但是發現只有你才有辦法打理好一個家。

馬的，又是這一句。

我怎麼辦?!我轉身快步躲進浴室裡，卻看見一堆沒洗的已經發餿的衣服，用到壓不出來頭被轉開的洗髮精沐浴乳罐七零八落，垃圾桶的衛生紙滿到地上。我抓了一個乾淨的垃圾袋，開始打包這些可怕的東西。打理好一個家，我開始了嗎？

我抓著垃圾袋走出大門，在長得異常的走廊上，找到天井處的大垃圾桶，丟完垃圾，往回走。

天黑了，走廊暗得一塌糊塗，我越走越不對，天啊，我迷路了。

周圍已經黑得讓人毛骨悚然，我奔跑起來，一直唸著我自己的咒語：這是夢這是夢，我要醒來我要醒來，醒來就結束了醒來就結束了。

果然，我醒過來了。

我和老Ｋ坐在一個滷味攤吃消夜，鏡頭很仔細地拍那些食材，不是平常台灣常見的豆干海帶那些，而是比較像香港的咖哩綜合或四川的麻辣燙那些，牛筋、魷魚、豬腸。老Ｋ一如往常狼吞虎嚥，怡然自得。

剛剛那個是夢對不對？我總是習慣把事情搞清楚。

當然是啊！不然你以為是什麼?!老Ｋ有點嘲笑地輕浮地說。唏哩呼嚕吸著一條腸子。

不過啊，老Ｋ帶著招牌賤笑，這幾年我也的確在外面生了三個小孩就是了。而且都男的，哈哈哈。
我又瞪大眼睛了。
這時候，手機響起來，是現實世界的那個手機響了。我才知道，這也是夢。
我恍惚地接起電話，是我表弟。
姊，你上次說很有名的那家滷味是哪一家?!他聽起來是跟同學停在路邊，取下安全帽打電話，周圍車聲呼嘯。
啊?應該是……師大夜市的燈籠吧。我一時想不起來，只好給一個標準答案。
掛掉電話，我坐起來，把腳在地上踩了踩，確定真的是醒過來了。靈機一動，再拿起手機，打給老K。
欸，你現在是不是在吃滷味?!他在的地方也很吵，我一個字比一個字的分貝更大。
什麼?!老K吃力回應，我現在在凱達格蘭大道抗議啦!

輯四 旅行的瞬間

腳底按摩師

某次去腳底按摩，
遇到一個話很多的師傅。
照例，反射部位是後腦杓、肩頸的點，都最痛。
按到某一處，我痛到吱吱叫，縮回腳。

師傅說，那是眼睛。
中了！我眼睛動過近視雷射手術。

師傅開始發表長篇大論：
車禍啦、開刀啦、扭傷啦，
這些都是恆久的傷害，不可能會好。

我很白爛問：那失戀呢？

師傅繼續著動作，說，安啦。
我剛剛按，你心臟還滿強的啦。

島嶼時光

1.

當海風一波一波吹送進房裡的時候，她醒了。

蘭嶼別館外觀如巨型百葉窗的設計，立著的側面與正面分別漆上土耳其藍與檸檬黃，這瘦長的水泥框框，為她格出一方碧海藍天，瞇眼看不遠的海上，白浪溫柔地翻湧，隨著潮來潮往作慢擺的深呼吸，盪漾的頻率讓她以為自己睡在海上，她想起幾個小時前的航行。

風和日麗，是出航的好日子。沒有嗚咽汽笛，沒有雪白船帆，船漸漸離港。一如每次乘船，放定行李她就往外跑，坐在甲板上的白色鐵椅。看著島，虔誠專注得彷彿是島不斷漂流而去而非船漸行漸遠，直到看不見大島和緩的海岸線。這是她第二次去這座小島。第一次是大學聯考後的暑假，和幾個要好的同學一起，那時夜黑風高，她們陪一個暈船的女孩要她轉移注意力就不會吐，她們奮力嘶聲對大海唱歌，從聽海哭的聲音這片海未免也太多情，唱到船船船船煙白茫茫，我我我目眶漸漸紅，又唱八月十五彼一日船要離開琉球港，唱到扶著欄杆笑癱在甲板，好快樂喔那時候。

突然她聽到駕駛艙裡傳來樂聲，以為一定是陳百潭或陳雷，卻是一曲深情無比的伍佰，〈挪威的森林〉。那裡湖面總是澄清那裡空氣充滿寧靜雪白明月照在大地藏著你不願提起的回憶。

這次單人旅行的主題，與其設定是失戀逃難，不如說是她單純地覺得需要一座島，那是一個狀態，需要封閉，再一點一點打開。走出別館，慵懶的黃狗在平台上行走，梯階下是環島公路，土塵飛揚，每隔幾公里會有一處在挖鑿或補平。

抓著出租機車的鑰匙，默唸一次紅頭、椰油、朗島、東清、野銀，她想，這次環狀旅程，要從哪個方向開始呢？

2.

她知道自己已經無法像十八歲狂熱擁抱藍天海水與陽光，打算僅僅帶著胸前的相機，隨意安靜走看。在蘭嶼這樣豐富的小島，出現單獨旅行的女孩子已不稀奇，早在第一次到來時，她就邂逅好多當時很是崇拜欽佩的大姊姊：紀錄片的工作者，一個人扛著攝影機在小米祭輕快穿梭，一身迷彩卡其的人類學研究生，怡然蹲踞水芋田聽老人家說遠古神話，或是一襲波西米亞裝扮，追隨三毛的腳步來此圖幾日浪漫的文藝女青年。

颱風剛過，原本就盤根錯節的海濱植物更加狂野地生長，林投火紅的果實，黃槿粗糙的黃葉，掉落一地的黃熟欖仁，潤澤豐盈的熱帶風情，卻因豔陽長日烤曬，添了荒蕪與乾枯。她騎機車越過島上穿山而築的「橫貫公路」，海拔沒上升多少，卻感覺到空氣中的濕潤，葉上帶著瑩瑩水滴的羊齒植物，是八月的炙熱島上唯一的沁涼訊息了，緩緩翻過山頭，野銀部落的地下屋黑色屋頂，櫛比鱗次在眼前。

原住民部落裡，總有一條斜坡小徑，她極喜歡拾級而上，一路再回頭看看蔚藍大海。一名少婦坐在涼台上，慈愛地哺乳初生的嬰兒，按下快門的剎那，她與嬰兒圓亮清明的大眼四目相接，才感到自己的這雙旅人之眼是何等散漫無神。決定要學習一種樂天慵懶的頻率，才將夾腳拖鞋脫下拎著走，卻被不帶善意的男子聲音叫住：喂！你拍照要付攝影費！一張兩百！拿來！她抱歉連連並落荒而逃，誤闖一座島嶼，是如此窘境。

從一涼台逃到另一涼台。老婦人口裡咬著釣魚線，手裡拿著針，熟稔將一顆顆多彩絢麗的細小珠子，編織成圖騰，這樣的串珠手鍊非常得觀光客喜愛，家家戶戶便以此為副業。她從卡其褲的側邊口袋掏出兩根皺巴巴的新樂園菸，為老嫗點上一根，這段悠然時光，必定為她的孤島旅程帶來些什麼，她想。看見已完成的手鍊，是紅黑白三色交織的拼板舟圖案，她驚呼並給了好價錢，老婦為她戴上時，露出金銀相間的牙，笑開來說，要許願啊，她笑著搖搖頭。

現在，她的手腕上多了一艘小舟。小的時候也流行過，幸運手環，和女孩子們上課時間偷偷在桌下編織，戴上時許個願，手環斷了，願望就會實現。之後走路時沿著圍牆粗石子磨之，上下樓梯以扶手的稜角刮之，時不時用一口年輕好牙咬齧，洗澡時再用一種櫻花牛乳香皂細細搓洗，卻似乎從來沒戴到斷掉，都是看到其他女孩子又發明了什麼新圖案，手藝行新進了什麼七彩線，就狠心將舊願捨棄，再編織一條新願望。

以為小島午後應該有場大雷雨，就如想像中的異國熱帶島嶼，可惜沒有。

漸入黃昏，白晝的暑氣威力漸減，吹來陣陣清風。她來到機場，坐在漆成紅與白的短牆上，看如大地之子的達悟小孩，興高采烈送走最後一班開往大島的飛機，望著遠方滿天紅霞，一顆殷紅太陽正往海面沉落，手裡玩弄著一片馬鞍藤的心形葉，她感覺腕上的小船將隱隱帶她航行，她許願，有一人正從島的另一方向出發，與她會合。

3.

光影快速流動，一張年輕嶙峋的黝黑臉龐，忽明忽暗。他正專注雕刻一隻蘭嶼角鴞身上的羽毛，這種可愛造型木雕藝術品，最受觀光客青睞。工作室在東清村，雖是新蓋的水泥屋，卻刻意營造地下屋的氛圍，地基離路邊還有三階的高度，屋內是闃暗的，後門卻別有洞天，面對東清灣，搭在沙灘上的涼台，梯子是鮮紅色的，涼台旁的石桌石凳，漆上藍、黃、綠，燒灼豔陽在此被轉化成一方和煦的天光雲影。

他停下工作，攜一瓶保力達到涼台上歇躺，目光梭巡著海灘上的漂流木，這些來自海上的木頭是他創作材料的來源。撫摸著自己手背上，一艘達悟拼板舟的刺青。去過大島的人回來手上背上都會多這麼一塊顏色，有龍、有鳳、有骷髏頭。他跟島上許多年輕人一樣，過海到大島上，做黑手、做技工、做捆工，他因為有美術的天分，好一點，在大城市熱鬧繁華的西區，幫人紋身。免去勞力之苦，卻同樣艱苦維生，住在看不見星空的頂樓加蓋鐵皮屋，以瓦楞紙板為床，在思念故鄉的夜晚，為自己刺下這艘船，卻無法了卻與日俱增的鄉愁，這條小船，終究帶著他回到小島。

他現在還身兼生態義工，在不工作的時候，便到東清苗圃，照料港口馬兜鈴，這是珠光鳳蝶幼蟲的食草。珠光鳳蝶長得比一般鳳蝶都大，展翅翩翩飛翔時，金黃色的後翅，折射出如珍珠般的光澤，他總從那閃亮鱗粉中，看見自己的遠逝的青春年華。

電話響了，是島上一群為綠蠵龜調查而來的研究生，他們興奮地說，母龜產卵了，晚上一起約在別館集合，去看龜卵。

掛上電話，他感染到年輕生命的激昂，把音響音量調大，是一首老歌，歌聲在漸暗下來的屋內流動，但願那海風再起，只為那浪花的手，恰似你的溫柔。

4.

她不知道一個人在小島晚上可以做什麼好，十八歲那年竟然在卡拉ＯＫ海產店唱歌到天亮。回到別館，外頭有一群生物學的研究生在集合要作綠蠵龜生態導覽，心想沒事，也就跟去。

果然是集體活動，在暗黑無光的海岸，為安全故，竟要大家手牽手，以為自己會很扭捏，卻無意識地伸出手，與另一隻陌生的手牽連，因為她正被解說員的話感動著，綠蠵龜每次上岸產下一百顆卵，然後游回海上，在沙灘上留下倒八字的巨型爬痕，每一隻小龜長成母龜之後，會聽海浪的聲音，看海面的光線，再游回自己的出生地產卵。

由於聽得入神，她竟踩空了一步，身旁的手急忙過來攙扶，卻弄斷了下午綁上的幸運手環，百顆珠子如龜卵一般撒落在沙灘上，她沒有驚叫，只感覺到握住她的是一雙多繭厚實的、藝術家的手，自己手上的小船已成為散珠，月光皎潔落下，她看見一條俊挺的鼻稜，並且看見，這雙手上有一艘一模一樣的船，正載著自己與他前進。

雲南書簡

你最怕的事情是什麼？

親愛的你問。你說你最怕的事情是大年初六。大年初六，年幼的你會在彩繪著鴛鴦的赭紅色糖果盒裡偷一只奶油話梅。往後的初七初八初九初十，在沒有人發現的時候，例如你的母親差遣你去買東西的路上，或是玩捉迷藏你當鬼從一數到五十的時候，從口袋拿出來，一角一角齧食。這是我極大的祕密，你說。你以此抵抗你最怕的，慶典過後瞬間的冷清死寂。以一只奶油話梅，以舌尖齒縫殘留的酸甜梅粉，延緩無味日常的到來。

比起你，我的方式暴烈多了。大年初六天未亮，我背起六十五公升的登山背包，走入歲末來了就一直沒走的強烈冷氣團中。我因打包徹夜未眠，在晃顫的機場首班國光號上，歪斜著身體看國道一號上的斜雨紛飛，睜大眼睛安靜記錄著，離開島國前的最後一刻。離開島國前的最後一刻，我在機場大廳的匯兌櫃檯，將一疊不算厚的新台幣，換回幾張薄薄的美金；同時將一個索居於城市並極度仰賴文明的我，匯兌成隨處可為家、四海皆兄弟的我，我唯有握足後者的籌碼，才能在香港轉機誤點兩小時餘的空檔，以風衣外套蒙頭在五十四號登機閘口前怡然昏睡；才能清晨七點半零下三度在香格里拉郵局台階前，啃一顆蘋果當早餐，呵著手欹欹寫下一張字跡潦拓的明信片，等待郵局開門讓我買足面值人民幣一塊六的郵票用舌頭沾了唾液就貼定投入郵筒，寄回島國。收件人是自己。如此，我在歸來時打開信箱就可以收到，這樣假期結束時我將不顯得太失落。

走出昆明機場的時候，陽光很明亮，未來的十五天也都是這樣。我的行程是：昆明到麗江、麗江到香格里拉、麗江到瀘沽湖、麗江到大理，大理到昆明。我把麗江當作基地營，期待這個名曰小資療傷與豔遇勝地的古城除了提供我轉運與補給的便利外，藉著多次進出我對它亦能培養出某些情感吧。但是，當我抵達，我帶著失戀般的心碎扶著太陽穴在石板梯階上不停邁步，心底絕望的聲音一直重複怎麼辦我來到一座巨大的九份。絕望不但來自櫛比鱗次的古城商家販售的手工藝品幾乎同式同樣（如同發現台灣民俗風系列商品的大盤原來在此）；還來自四面八方來的遊客個個穿著入時打扮講究，我屢屢低頭望見一雙雙亮皮高跟尖頭靴橫過我的防水透氣抓地力強登山鞋；珠光眼影水漾唇彩在古城蕩漾開來，而我為我的眼與我的唇帶來的只有一罐無色無味的人工淚液與一方盒凝黃豬脂般的凡士林。全身上下唯一的顏色在於左小指，香港機場免稅商店裡試塗的紫荊色指甲油。在往後的十五日，它一日一日消磨掉一點，我攜著它如攜著一撮沙洲之島，每日竟因觀察它變化出不規則的海岸線輪廓而欣喜。

於是我盡速遠離小資天堂，坐上開往香格里拉的中巴。冬天是這個海拔三千餘公尺，舊稱中甸的山城的旅遊淡季，街上人煙稀少，屋頂覆著雪，地上有積冰。這個晚上，我睡在通了電毯的青年旅舍中，半夜醒來，頭痛欲裂，高原反應鋪天蓋地而來，這幾日吃下的砂鍋米線、玉米粑粑、乳餅乳扇全都化為酸稠汁液，我蹲在公廁嘔吐至頭髮都變冰的，摸黑吞下兩顆普拿疼，想看窗外天色，發現玻璃上結著霜。我在額頭、人中、頸後重重塗上薄荷玉，那麻刺的感覺果然讓我忘記疼痛與酸水，助我入睡。

昨晚零下二十度，青年旅舍的主人說。哪裡都去不成，連藏胞家訪都因為淡季不營業。我開始後悔沒聽麗江散客旅遊服務中心裡，穿著民族服飾的納西族姑娘的勸告了。所幸中甸由於外國背包客眾多，亦開設了幾家小資風情咖啡館。我因此在駱駝咖啡館度過兩天，我寫明信片、翻看別人留下的塗鴉與相本、聽好幾張店內的尼泊爾電子樂ＣＤ，早午餐吃蘑菇雞肉與薑茶，晚餐吃菠菜牛肉，更晚一點當藏族女服務生為每張桌子提來爐火時，點一盎司純麥威士忌。

親愛的，我在香格里拉，祝你生日快樂。我看著遠方的雪原，寫下給你的明信片。

隔天有一貴州登山隊入住青年旅館，邀我晚上一同開伙，吃酸湯魚、喝青稞酒，學各省分的划拳招式。我們不約而同瞥見對方的排汗衣登山鞋毛帽屬同一西方廠牌，甚至接近同式同樣，如此相互辨識與認同，更甚省籍或國族。一桌子人嬉嬉鬧鬧，有一人醉了，便摟著主人的西藏獒犬又親又抱說，我帶你回貴州好嘛？隔天早上，我與這群貴州人在中甸長途汽車站再度碰面，都往麗江。但在顛簸的公路上，昨晚豪氣干雲的眾人已各自靜默，除了在五、六小時車程裡暗自較量彼此膀胱的耐力之外，之間似已沒有關連，各自從各自的窗獵取飄浪的浮光掠影。反倒是繫綁堆疊在中巴車頂的登山背包，從原生產國漂流千里後終於找到遠親近戚，一同挨挨擠擠，一同抵禦漫天黃沙。

之後我去了瀘沽湖，再回到麗江。麗江古城與新城只有一街之隔，我且每回到麗江就至新城的百信商場購買曬後凍後修復面膜，美容專櫃的諮詢人員雖然兩頰皆風化有加，但個個專業自信。春節連假過去，古城清靜許多，我吸啜著海子牌袋裝酸奶，酸奶是我每次來中國旅行必嗑飲品，走在我多次往返麗江長途客運站的大街上，漸漸，有了回家的感覺。出發往大理的早晨，是我在麗江最從容的一個早上，臨行前，青年旅館主人要求帶了吉他的韓國旅者，在四合院的院子裡唱一首〈月亮代表我的心〉，我不禁鼻酸眼熱，並且想起，今天是元宵。

大理城的元宵夜，月光如洗，照著古城的石板路面，卻不見有人吃湯圓。我想起某年冬至夜，你與我在台北車站附近，快步穿梭於南陽街開封街懷寧街漢口街卻找不到任何一個湯圓攤子，你人來瘋地到便利商店買了冷凍湯圓拜託切仔麵攤的阿桑幫我們下一下，阿桑哭笑不得。這一點點回憶讓我開心起來，有幾個外國人拎著大理啤酒走過，問我何事這麼雀躍，我便指著月亮要他們看。回到台灣人經營的四季客棧上網，連回台灣的網頁開了信箱，飄洋過海的光纖電纜把我帶回現實，那即是：你不會再寫信給我。托著下巴絕望刪掉一封一封廣告信，也許滑鼠點擊過大，驚動了鄰座的幾位日本人，我抱歉地用初級日文說了對不起，又想起什麼地問，今是何曜日？這一日常基礎對話彷彿打擾了他們原本旅行中的秩序，很驚慌急切地討論起來：水曜還是木曜？木曜還是金曜？這似乎是對旅人的一大難題，回答關於時間、年月、數字的問題，就像要他們做出承諾一樣難。我對發出這無心問句感覺非常罪惡，趕緊揮揮手用英文補上，忘記它吧！誰在意呢？

我們用日文交換了一句初次見面，後來兩三日就足以一起坐在小橋流水旁吃一碗兩塊錢撒了極多辣粉的豌豆涼粉；足以一同騎腳踏車逛洱海附近的油菜花田；足以一起坐纜車上蒼山的中和寺各求了籤，廟祝解籤時，我因幫忙翻譯而窺探了幾位外國朋友一生的運命。有時我們在各自的筆記本上以漢字筆談，某一頁寫滿川端康成、三島由紀夫、芥川龍之介以至於村上春樹、吉本芭娜娜、山田詠美。旅行總是這樣，總是到快要結束的時候，才開始真正認識朋友。

我往昆明繼續歸途，從河內而來的他們繼續往麗江。大理到昆明的K724次班車，夜間十一點發車，隔日早上八點到。我一夜好眠，好眠至醒來悵然極了，列車時光已消逝，車廂外是喧擾的昆明車站。我攔了出租車，回到茶花賓館。這一天，昆明起了大霧。我走在高聳林立的兩排耐寒杉科植物之間，沿著賓館所在的東風東路走，地圖上說，順著這條路走，可以到西南聯大，未央歌的場景。我一步一步，向霧中走去。

你最怕的事情是什麼？

那年夏天，颱風將至，我們並坐在我打工書店前的梯階，一團厚重的橘色的雲糾結在我們之中。親愛的你問，你最怕的事情是什麼？我說，挾以爆破的哭聲，我怕被你忘記。

我以此迢遙的路途，穿過往香港的平流層、穿過結著薄冰的滇藏公路、穿過昆大鐵路的臥鋪車，延緩，接受我們已經分手、愛情不會重來這個事實的到來。這趟旅程，我把麗江當作基地營，進麗江古城要付四十塊的古城維護費，可以換一張明信片，明信片上說：麗江永遠記得你。

旅行的瞬間

我最怕的事情，是時間。在旅行中尤然。

海參崴到莫斯科的火車，每星期六發車，星期五抵達。

我看著火車時刻表，直覺是，哇，那時間不是倒退了嗎？待細詳，才發現，完全世界地理不及格。九二八八公里的鐵路，不靠站，不下車，要七天六夜的旅程。星期五，指的是，下個星期五。

那是我們曾計畫過的一次旅行，先參加中國東北文化交流團，待團體行程終了，我們就脫隊，到海參崴坐上火車，穿越西伯利亞。

結果，一場川震，兩岸攜手救援賑災之際，玩樂交流似顯不合時宜，旅行團取消，已繳交的團費，挪出部分當作捐款。從遠東到歐陸的浩瀚旅程，也漸漸隨著你我戀情由轉淡而消逝，無聲被遺忘了。

只是那，躺坐在火車臥鋪裡，不斷西行前進，而時間卻不斷向後退的意象，卻始終恐怖地盤踞在我的想像。

坐過最長的一次火車，也是跟你，廣州到昆明，二十六小時。一人一個登山背包，沒預先買車票，兩人位置都在上鋪，兩人都帶了大部頭小說，當作參加不斷電的閱讀接力營。結果，十二小時過後，簡直快要幽閉恐懼症發作。躺也不是，坐也不是，看書也不是，睡覺也不是。我睡睡醒醒，大部分醒來時，是半夜。翻過身趴著，拉開一角窗簾，看窗外黑壓壓的原野。然後轉頭，確認你還在距離我一公尺的半空中，同樣一公尺高、半公尺寬的臥鋪上，長腳也許跨過欄杆，也許正打呼。其餘面貌模糊。

二十六小時之內，所記之事寥寥可數。那鐵道旅行的浪漫想像，到後來，只期盼時間快過去，原野快過去，趕緊靠站。很久之後，我才知道，那種幽閉，也許是指涉著，我們之間其實已沒有太多的話可說。

到了古城，我那對於時間流逝太快，或者停滯不前的恐懼，又掩了上來。我感覺，我們不是在空間裡旅行，而是時間。

古城旅遊書上最常見的句子，「時間彷彿凝結在這裡」。但是，時間從來沒有凝結。

酒吧街上，鬧烘烘如競選現場，明明放著煽情俗麗的港台情歌，（真的，從高山青到忘情水都有），門外，卻是穿著傳統服飾的男女跳著古時祭典的舞。藝品店家門口，擺著織布機，表演手工織布；放上銅片鐵鎚，示範手工打鑄；隨便拿一只陶器，訓練有素的店員都會說，這是我爺爺做的。

無所不用其極表現，時間彷彿凝結在這裡。

其實大家都明白，這些民俗紀念品的大本營在沿海加工區，或更窮苦寥落的東南亞國家，成袋成堆透過專業物流系統運送進來。

自以為是地作著經濟社會學的批判時，才想起，在自己生活的城市裡，曾幾何時，我們都習慣坐在周圍貼滿手繪電影海報的長板凳吃豬油拌飯和古早味麵茶了。

時間凝結的意思是，你走進一個展示舊時光的空間。如此而已。

戀情亦然。我們好似飛來飛去的背包客神仙眷侶，與子偕行貧窮旅行。其實我們都明瞭，我們害怕日落月升、日復一日的時間次序，害怕進入柴米油鹽的無限迴圈。當戀情如一座販售懷舊的古城般凝結，它不再旖旎曼妙。

嚮往自由的你我，只有繼續獨自飛行，等待被回憶攫獲。而分隔我們的，究竟是時間還是空間？

很奇怪，我從來沒被送機或接機過。好像，那溫情甜膩場面，會破壞掉旅行的孤寂感。總是，打包好，就像個貼心祕書，計畫幾點要坐上巴士，幾點到機場check in。

有個深秋，一人到北京，開了電腦收到你的信。你好深情引了梁實秋的〈送行〉：「你走，我不送你，你來，無論多大風多大雨，我要去接你。」我與友人在煙袋斜街、錢糧胡同的酒吧裡酒酣耳熱，因你這句話，串起羈絆與思念，想像我拖著行李箱，桃園機場航廈電動玻璃門一開，斜風細雨中，你在那裡。

後來，換成你，你一人到熱帶群島做人類學考察之旅。抵達上網方便的中繼城市，寄來和雨林部落婦女小孩的合照，婦女裸裎上身，一雙乳房垂至腹間。你曬得好黑。如此濕熱繁饒景象，信裡卻寫著：「有年冬天你寄來一雙手套，每當寒流來襲，它總是緊緊的被我握在手裡，至今依然保存著。有太多的記憶，在旅行中一一浮現。」

那是我獨自去香港採訪，在換季專櫃給你買了雙手套。我還記得，在旺角。不知是什麼濃情密意逼著我，幾近奔跑，大街小巷倉皇找郵局。

我不知是什麼旅行中倏忽升起的動情激素，讓你從赤道連結回寒流，從赤身裸體都無法揮散的氤氳熱氣裡，想起一雙毛織手套。

但親愛的，我定著在此，規律度日，我不會懷舊，時間不會後退，不會跳躍到某個旅行的瞬間。因此，我漠然回信：「我們傷害了人，或被傷害，然後繼續前進，本是如此。你能在這麼舒闊的海洋重新開始，是福報。心安之所即是家，飄蕩浮動這麼久，真心祝福你能找到定下來的人與地方。」

上海人物誌

1.馬建

我從沒想過會真的見到你。更沒想過會是在這樣的情境。上海三月，外灘五號M on the Bund，細磁杯碟，水晶酒杯，越過這些瑰麗溫香的裝置，我看見你，講著你的流浪。

你這些逃亡經歷的文字，早在幾年前，越過大漠大山大河，來到隔著海峽的島國。我沒日沒夜地看。看你逃出北京城胡同小院，一路往西，一路為怕查票而跳車，裹著雞屎味與馬尿味，在黑乎乎的荒漠上走到雙腿發軟。看你像老鼠般穿行在歪倒腐爛的樹枝裡，四周獸聲響成一片。你也混得了一點招搖撞騙的伎倆，換來的，是可以在髒兮兮的招待所睡個好覺，到小飯館叫上一斤酒。

這些於你，稱為非法流浪。八〇年代初，正值將改革未改革、將開放不開放之際，前衛作風的你被冠上了「精神污染」之罪。你把自己放逐到千瘡百孔的黃土地上，尋找純淨本真。

這些於我，僅僅是，孤獨的極致。我循著一張上海文學節場邊活動的傳單來看你，演講結束，我沒趨前去當粉絲，一人乘梯下樓，外灘竟嘩啦啦下起大雨。那時我突然明瞭，真正的寂寞是在喧譁之中。

2.徐閔線小弟

徐閔線，指上海徐家匯到閔行區的公車，隨車售票員多是二十出頭的小弟。不知是拉客可以抽成，或者真的是忠心耿耿為人民服務，他們比其他路線的公車售票員更賣力。

車行靠站速度漸緩，他們就拉開車窗，把頭手伸出窗外，聲嘶力竭地叫：「徐閔線，徐閔線，徐家匯六百（第六百貨公司），上高架，上高架。」有人上車，就熱心招呼，「小姑娘到哪裡？先生到哪裡？」

若到大站，就更瘋狂，會把整個身體從後門冒出車外，一隻腳踩在車沿，一隻腳懸著一隻手撐在門邊，另一隻手拱在嘴邊叫嚷，頗像廣告片中常出現的情侶告別姿勢。

徐閔線雖然路程長，但也不分段，一律兩元。往徐家匯車班上，有一男的上車，拿了兩個一元銅板給小弟，小弟問：「到哪？」男乘客回答：「閔行。」糗了，小弟從容地把一個銅板放回乘客手裡，另一個銅板收進包裡，說：「方向反了，下一站下車，到對面坐。」

這乘客下車後，小弟很得意地跟司機說：「坐反了，收他一塊錢！」語罷坐低身體，抖著腳，快意迎風。

我從起站坐到末站，看見小弟不斷拉窗，叫嚷，關窗，賣票。他的聲音都啞了，他的頭髮被風吹成高角度。下車，後面來的還是一班徐閔線，隨車的，是一個大娘。大娘也一樣頭手伸出窗外，大喊：「徐閔線，上高架。」不過她顯然會省點力氣，因為，她拿著一個大聲公。

這個猛。我心想。

3.小馬哥

如果能夠在一個城市剪頭髮，代表夠信任這個城市。如果能在這個城市的一家叫做小馬哥的家庭理髮剪頭髮，那就代表在這個城市身心安頓了。

我與同事J同時感到頭髮蓬亂鬱悶，相約去剪髮。據說董事長都是在巷口的小馬哥剪的，所以就去了。

其實頭髮長亂了，倒是其次。讓我覺得非動刀不可的原因是，前幾天竟然一口氣拔了三根白頭髮，都在同一撮位置。雖然我知道把頭髮理光也阻止不了白髮冒出來，可是就是不剪不快。

幫我剪的師傅說他姓馬，我想大概他就是老闆吧。小馬哥細心客氣，說你的長度很好，到夏天正好綁起來，長度不必剪，就打薄修順就好。剪完，他說，到後面沖沖小頭髮。意思是把剪髮過程中黏在頭髮上的短髭髭沖掉，小頭髮，真可愛的說法啊。

我到了後面，沖水的那把躺椅上還留著幾滴大水珠，我在等他擦掉，他在等我坐下，雖然我很多時候是「坐下去就乾了」那種人，但此時卻坐不下去，僵持幾秒鐘，我用眼神示意他，他隨便拿條布，抹了一下。

沖水時，離我的腳約兩步的地方是一個摺疊餐桌，有幾張板凳，板凳上坐著兩個洗頭小弟，在吃飯，隔壁食堂端過來的一盆飯、一盆菜、一盆湯。他們吃得滋滋作響，完全不在意旁邊躺了一個女的在沖水。

再來就是吹，小馬非常仔細，拉得很直，剩下薄薄的頭髮還分了十幾撮吹。

這樣剪一次多少錢呢？

人民幣十塊錢。

4. 雷驤

聊了一整個下午的上海，從作家雷驤北投山邊的家，回到台北市區的路上，看著城市燈火晃晃悠悠，竟然，有點想念起僅短暫住過幾個月的上海。

記得剛去上海時，我非常努力的，把這座大城市，轉換成私我的「台北介面」，更精準的講，其實不過是當時租居永和的我，賴以生存的台北南區種種，即，要有「誠品」→於是有了陝西南路地鐵站季風書園；要有「挪威森林」→於是有了新樂路88號的布那咖啡；要有「Blue Note」→於是有了茂名南路、復興中路口的Blues & Jazz；要有「康樂意包子」→於是有了襄陽北路、長樂路口的襄樂包子店。

以上地點，圍繞著地鐵一號線陝西南路站，走路可達。這一方城郭，似乎就是我心中的上海。

再遠一點，則是魯迅公園與紀念館、人民公園的當代藝術館；而既是生活了，就有一點時間耗在古北區黃金城道的家樂福、巴黎春天百貨地下的City Super，或後來興起的靜安寺後面的久光百貨地下超市。

本來，雷驤心中也有一座上海，那是他九歲之前住的房子，愛多亞路上的浦東大廈。後來才知道，愛多亞路原來就是現在的延安東路，一九九四年他終於回到這棟大樓，而管理員告訴他：回來正好，下禮拜就要炸了。

炸掉，就是為了蓋起現在的「延安高架」。

眾人遂交換起，意外闖入某個光影躍動、氣味飽滿的弄堂區，正拿著相機喀嚓喀嚓不可自拔時，就拍到了一個大剌剌的「拆」字，悵惘與失落，竟感覺自己像個被迫搬遷的住戶。原來這是每個人的上海經驗。

又交換起在上海遇過的乞丐，背著書包的小孩趴在地上用粉筆寫了滿地淒慘身世，雷驤說，那叫「文丐」，他們小時候，多的是「武丐」：帶兩根鐵線，挨家挨戶要錢，不給，就拿起鐵線往兩隻眼睛一戳，不給，再戳。

這些駭人聽聞的街坊奇譚，不僅只是驚悚，而是那個年代裡，一個小孩知道的世界，看到的，聽來的，與後來他筆下，既溫柔繾綣又青春浪漫的台北，恰恰是完全對比。

雷驤把他小時候的上海寫出來，出書了。他豪邁一笑，說，我把我心中的那個上海炸掉了。

香港，偽非法居留

我走路很快，因此愛去香港。

有一陣子，用朋友的話說，去香港像在行灶腳。一開始只是鐵公雞心態，經港轉機，不留白不留。一年去個三次五次，每次待個兩天三天，卻像個缺乏安全感又愛裝熟的老人，迪士尼、海洋公園、黃大仙，全沒去過，全無冒險心。只搭同一機場巴士進城：直穿九龍半島的紅磡線A21；住一樣的平價賓館：油麻地與佐敦之間的平安大廈，穿過廟街可到Kubrick書店；吃一樣的茶餐廳：尖沙咀澳門茶餐廳的咖哩牛腩飯或中環翠華的涼瓜排骨飯；甚至購物只去旺角某家ESPRIT或銅鑼灣地鐵出口的TOUGH。

一個人的香港，成了儀式。

那儀式的精神中心是，走路超快，路上人超多，但不四目相接，誰不理誰，人人守分自持，誰不妨礙誰。香港朋友問我為什麼喜歡香港，我說因為香港有一種孤絕。

他回答我：你比香港所有東西加起來都要孤絕。

我在冬雨霏霏的夜晚抵達香港，坐上直通九龍市區的雙層機場巴士，駛過青馬大橋與高架快速道路，憑記憶中的街景辨識已經到了九龍。穿過旺角，便是油麻地，我這次的住宿地點。

「永盛行賓館」位於彌敦道上舊式大型住商大樓一層中的一室，大樓後方是古惑仔出沒的廟街夜市，大樓入口處書報攤賣著各式腥羶週刊、馬報彩報，走廊的馬賽克地磚卡著經年黑垢，老舊的電梯升落皆會發出怪異聲響好像隨時會故障，裡面貼有冶豔煽情的桑拿與芬蘭浴海報。出了電梯，賓館的壓克力招牌就貼於斑駁牆面上，四周管線畢露。光是乘梯上樓一途，便可嗅出發生在此大廈的一切龍蛇混跡與風花雪月。

賓館的櫃檯，就是一張鐵櫃書桌，後面懸著一塊小白板，上面寫著預約訂房的日期與房客姓名。房間裡，只有一張上下舖與一張木頭書桌，書桌上擺一只熱水瓶。住宿一晚，一百五十塊港幣。推開面對防火巷的一扇小氣窗，樓下海鮮酒家與茶餐廳的濃濁油煙遂竄入屋裡，我趕緊關上窗，悶悶的想，要如何趕快忘掉前次來香港住的高級飯店，以在這陽春環境中安頓身心。結果卻因一件意外，使我在這有如重慶森林的大樓中，迅速找到我的位置。

當天深夜洗完澡，吹頭髮時吹風機竟然觸動了消防警鈴，鈴聲大作，分貝高得如空襲警報，而且絲毫沒有停止的跡象，我滿懷罪惡感推開房門，發現整條走廊已站滿眾房客——我的鄰居們——一堆越南、菲律賓面孔的女人，她們三、四個或更多人住一床上下鋪，看來是來此打工，也許是非法居留，她們的臉上露著焦急害怕，用嘰嘰呱呱的家鄉話談論，或用英文問我發生什麼事？我們要不要一起逃？我比手劃腳告訴她們真的沒有火警，我的英文在驚慌中也彷彿帶了東南亞口音。我房門上的紅色警示燈閃爍不止，紅光一圈圈地掃映在我們的臉上，那一瞬間，我已經忘記我是一個來香港採訪二樓書店的台北記者，而是與我的同伴們，穿著拖鞋與睡衣，站在走廊上等待救援的非法居留者。

最後隔壁亞洲旅館的老闆來把警鈴關掉，結束這一場烏龍意外。未來的幾天，白天我與書店店長、流浪詩人畫家們談文學與夢想；夜晚，便躲回這不見天日的斗室，感受並享受著，我的偽非法居留。

住在書店裡

幾年前，到雲南自助旅行時，在大理認識了日本友人K。他跟我一樣大，背著一把夏威夷吉他，已經在中國、越南四處旅行好久。在我和同伴吃青年旅館裡已經覺得很便宜的人民幣十塊錢吃到飽自助早餐時，他啃著一包蘇打餅乾、佐一瓶水，走過來跟我們聊天，就這樣認識。

記得當時要分開時，大家說起自己的夢想，K說，他要開一家二手書店，我跟著湊熱鬧嚷嚷，我也是耶我也是耶！回到各自的國家，當我仍然每天在書店晃蕩、跟人約在書店門口的階梯、採訪書店的店長店員、甚至到書店裡的雜誌部門當編輯時，K已經找店面、自己敲敲打打釘書架、自己手繪書店的招牌、到神戶大阪的書市收書、上書、完成了他開書店的夢想。

這家古本屋叫Tree House Bookstore，樹屋書店，就開在Ｋ的老家，姬路。他寫信來說，大理蒼山上中和寺的解籤師父不是說他會得到長輩的幫助嗎？果然神準，因為從事木工的父親，免費供應他書店需要的木頭，讓他沒花什麼裝潢成本。這道籤我倒是記得頗清楚，因為是我翻譯給他聽的，至於師父怎麼解析我的命運，我已經忘了。

後來，我到東京、京都旅行，既然買了國鐵七日券，就排出兩天，造訪與京都相距一小時車程的姬路，寫信問Ｋ附近可有便宜的青年旅社。他回信說若我不介意，可以住在書店的閣樓，那裡他常收容外國朋友、或是在書店裡喝醉的客人。住在書店裡，這不是傳說中的巴黎莎士比亞書店才有的事嗎？我太興奮了，趕緊回信「預約」。

待我抵達，我才發現，這家「書店民宿」的服務真是好。Ｋ不但幫我準備了「關西書店特集」的雜誌若干本、在倉庫的閣樓清出一張沙發床的位置，更神奇的，因為書店裡沒有浴室，他還給我兩張大眾澡堂的票。

雜誌的書店專集裡，稱Tree House是「放浪系書店」，因為店裡以旅行類的書籍最多。書店還附設小吧檯，賣簡單的咖啡、啤酒外，手寫的菜單上有一項「今日御飯」，只要日幣五百圓。K解釋，「今日御飯」的意思就是「我吃什麼，你就吃什麼」（日式英文：I eat what, you eat what.）。大約傍晚的時候，幾個熟客會打電話說今晚過去吃飯，K估計人數，做簡單的晚餐，大家就邊吃邊聊邊看書。客人中有圖書館館員、中學老師、來日本教英文的外國人，還有一些是「也不知道他們做什麼的，反正時間到就會出現，大概是酒鬼」。

晚上書店打烊，K回家，我換了拖鞋、背著小背包（真可惜不是捧著臉盆），走過姬路寧靜的街町，到大眾澡堂，女湯與台灣溫泉的女湯沒什麼太大差別，大家也不會交談，只是，如果在住家走路可達的地方，就有這樣一家澡堂，多幸福啊。我洗得飄飄然，回到周圍都是書的閣樓就寢。更妙的是，由於閣樓是從旁邊另一木梯上去，（木梯上也擺滿書），出入不會經過書店，但是廁所在書店裡面，如果我半夜要上廁所，必須先下樓，開樓梯口的門，出到外面，再開書店的門，而書店又有一道那種需要費力拉起的鐵捲門，所以K跟我說，嫌麻煩的話，可以乾脆到對面的LAWSON

（二十四小時連鎖便利商店）用廁所。

我偏偏是很嫌麻煩的那種人，所以選擇憋尿。於是，隔天早上，大概是我有生以來第一次那麼期盼一家書店趕快開門。

第二天是週末，說來不巧但也幸運，本來Ｋ說週末他會例行去大阪、神戶書市收書，我行前在信裡也預約要跟；但正巧碰到姬路一年一度的手創市集，Ｋ要去擺攤賣舊書和咖啡，我想這也會很好玩。到了攤位現場，看到許多化著煙燻妝、穿著短裙馬靴的日本女孩，神態自若拿著鐵鎚和木板敲敲打打，很快，她們的展示架就成形了，又一下，她們的拼布、圍巾、手繪卡片、筆記本，紛紛上架。我幫忙顧了一下攤，又很有成就感地，緊急幫Ｋ去超市買到肉桂粉，（不知道為什麼，穿過商店街時有那種日本綜藝節目裡，各家小孩比賽去幫媽媽買東西，看誰最先達成任務的感覺）就自己去姬路城裡晃蕩啦。

Ｋ說我可以騎他的腳踏車，但我選擇走路，姬路是很適合走路的地方，主要道路大手前通，從車站直達姬路城，兩旁銀杏高大，人行道寬敞，且時有露天座椅。我參觀了姬路文學館，是我的第一座安藤忠雄，裡面有司馬遼太郎的特藏室。晚上，又有另一群人來書店聊天，他們介紹我看藤原新也的書，他是日本的旅行名家，也寫過台灣，說著找到一本《逍遙游記》，翻開第一頁果然就是淡水茶室的照片，藤原新也似乎有意捕捉城市裡的陰暗，同一本書裡，他拍香港九龍，竟取狹小的舊社區裡的列祖牌位，覺得很有趣。不管自己日文學過等於幾乎沒學，只能靠一知半解的漢字望文生義，後來到京都、東京，我又買了好多本他的作品。

第三天早上，我要搭新幹線往京都。K送我到車站時，我們又聊起夢想。我說紐西蘭跟澳洲有一種Working Holiday，讓十八到三十歲的外國青年，到當地打工一年，我希望我三十歲以前可以去個一年。K說，哦，我大學畢業那年去了，在紐西蘭，天天在摘奇異果。語氣裡，好像沒有覺得特別好玩。

啊，為什麼我覺得遙不可及、必須千思萬慮、做好萬全準備、下定決心告別一切、充滿神聖儀式感的夢想，K就像過生活一樣，平平淡淡地，達成了呢？可能我太把夢想當一回事，也太把自己當一回事，於是，就這樣繼續跟著嚷嚷地、湊熱鬧地、異國情調式地、民宿體驗式地、浮光掠影式地，參觀、採訪、報導別人的夢想。然而，漸漸也覺得，在那個神聖時刻降臨之前，這樣好像也沒什麼不好。

後來，斷斷續續跟K通信，他說書店生意越來越好。而他最新的夢想是，趕快排出假期，再去放浪放浪。

【後記】

沒錯，我也是這麼想

後記，要提到兩個小孩。

任職媒體閱讀版面時，常受贈童書公關書，為物盡其用，我會轉贈給有小孩的朋友。挑選前先詢問小朋友的閱讀偏好，得到的答案言簡意賅：

「要好看。」

第一批送去，沒什麼回應。我暗自猜想，欸一定是不夠好看。果然，過了不久，小朋友託家長帶話來，補上更精確的選書標準：

「要好笑。」

我要感謝這位小四生。這一路寫散文、寫小說、寫劇本，不管寫什麼，都是這兩個標準鞭策著我，通過自己這一關。

另一個小孩是，小時候的日本文學名家遠藤周作。

他三歲到十歲在滿洲國（中國大連）度過，他自謂這是生命開始的地方，卻在這七年內經歷著父母失和、每晚爭吵、離婚收場。他不想返回那個陰鬱的房子時，就在植有赤槐的雪坡上遊蕩，在圍牆上用蠟石塗鴉淫猥詞句，與小黑狗說話。

遠藤周作與哥哥的感情特別好，哥哥是優等生，他是劣等生。哥哥出數學題目考他：「試證明三角形內角總和為一百八十度。」他就在答案欄裡寫：「沒錯，我也是這麼想。」

我在一篇評論文章裡讀到這段，不禁笑出聲來。

似乎，也呼應了遠藤周作自己說過的：「童年時為了掩飾悲傷，就不斷地惡作劇和開玩笑。」後來，開始寫作，就變成習慣了。

宣傳電影期間，不斷被問到：為什麼用詼諧戲謔的方式來寫爸爸死掉？我像個問答機器一樣冠冕堂皇：給觀眾新的角度看待死亡。

呵，原來還在掩飾。

我相信，悲傷的、失去的、碎瑣難耐的，只要把它說得好笑，也許就寫得下去，看得下去。也許，有些東西，可以透過寫，被轉化，或療癒。

遠藤周作也許要說，不可能哪。因為，當他四十六年後重返大連，回到那座如倉庫般黑暗的舊居時，他仍感到不安與恐懼，彷彿聽到父親的吼聲與母親的哭聲，彷彿看到埋頭用功的哥哥，與手指抵住耳朵的他……

啊，我多麼希望遠藤周作可以出來幫我回答。

然後，我就只要說：「沒錯，我也是這麼想。」

心理治療師及靈修者皆言：每個人內在都有一個小孩。我卻常覺得，我內在有兩個小孩。一個永遠精神充沛、跑跑跳跳對我說：「要好看、要好笑啊！」另一個則孤獨晃遊，消磨悠悠長日，醞釀著小小的歹惡念頭：「嘿，搞怪一下，忘掉憂愁吧！」

我與他們依存、對話，這就是，我的寫作。

謝謝大家。

國家圖書館預行編目資料

父後七日／劉梓潔著. -- 初版. --
臺北市: 寶瓶文化, 2010. 08
面； 公分. --(Island；125)

ISBN 978-986-6249-17-4（平裝）

855 99013042

Island 125

父後七日

作者／劉梓潔

發行人／張寶琴
社長兼總編輯／朱亞君
副總編輯／張純玲
資深編輯／丁慧瑋　編輯／林婕伃
美術主編／林慧雯
校對／施怡年・陳佩伶・余素維・劉梓潔
營銷部主任／林歆婕　業務專員／林裕翔　企劃專員／李祉萱
財務／莊玉萍
出版者／寶瓶文化事業股份有限公司
地址／台北市110信義區基隆路一段180號8樓
電話／(02) 27494988　傳真／(02) 27495072
郵政劃撥／19446403　寶瓶文化事業股份有限公司
印刷廠／世和印製企業有限公司
總經銷／大和書報圖書股份有限公司　電話／(02) 89902588
地址／新北市新莊區五工五路2號　傳真／(02) 22997900
E-mail／aquarius@udngroup.com

法律顧問／理律法律事務所陳長文律師、蔣大中律師
如有破損或裝訂錯誤，請寄回本公司更換
著作完成日期／二〇一〇年
初版一刷日期／二〇一〇年八月三日
初版六十四刷+日期／二〇二三年三月十七日
ISBN／978-986-6249-17-4
定價／二五〇元

AQUARIUS 寶瓶 文化事業

愛書人卡

感謝您熱心的為我們填寫，
對您的意見，我們會認真的加以參考，
希望寶瓶文化推出的每一本書，都能得到您的肯定與永遠的支持。

系列：Island125 **書名：父後七日**

1. 姓名：＿＿＿＿＿＿＿＿ 性別：□男 □女

2. 生日：＿＿＿年＿＿＿月＿＿＿日

3. 教育程度：□大學以上 □大學 □專科 □高中、高職 □高中職以下

4. 職業：＿＿＿＿＿＿＿＿

5. 聯絡地址：＿＿＿＿＿＿＿＿＿＿＿＿＿＿＿＿

   聯絡電話：＿＿＿＿＿＿＿＿ 手機：＿＿＿＿＿＿＿＿

6. E-mail信箱：＿＿＿＿＿＿＿＿＿＿＿＿

   □同意 □不同意 免費獲得寶瓶文化叢書訊息

7. 購買日期：＿＿＿ 年 ＿＿＿ 月 ＿＿＿日

8. 您得知本書的管道：□報紙／雜誌 □電視／電台 □親友介紹 □逛書店 □網路 □傳單／海報 □廣告 □其他

9. 您在哪裡買到本書：□書店，店名＿＿＿＿＿＿ □劃撥 □現場活動 □贈書 □網路購書，網站名稱：＿＿＿＿＿＿ □其他＿＿＿＿＿＿

10. 對本書的建議：（請填代號 1. 滿意 2. 尚可 3. 再改進，請提供意見）

    內容：＿＿＿＿＿＿＿＿＿＿

    封面：＿＿＿＿＿＿＿＿＿＿

    編排：＿＿＿＿＿＿＿＿＿＿

    其他：＿＿＿＿＿＿＿＿＿＿

    綜合意見：＿＿＿＿＿＿＿＿＿＿＿＿＿＿＿＿＿＿＿＿

11. 希望我們未來出版哪一類的書籍：＿＿＿＿＿＿＿＿＿＿＿＿

讓文字與書寫的聲音大鳴大放

寶瓶文化事業股份有限公司

（請沿此虛線剪下）

廣　告　回　函
北區郵政管理局登記
證北台字15345號
免貼郵票

寶瓶文化事業股份有限公司　收

110台北市信義區基隆路一段180號8樓

8F,180 KEELUNG RD.,SEC.1,

TAIPEI.(110)TAIWAN R.O.C.

（請沿虛線對折後寄回，謝謝）